에놀라 홈즈 시리즈 6

집시여 안녕

여 섯 번 째 사 건

찝치여 안녕

낸시 스프링어 지음

김진희 옮김

북레시피

엄마에게

〈에놀라 홈즈 시리즈〉

『사라진 후작 *The Case of the Missing Marquess*』(1권)

『왼손잡이 숙녀 *The Case of the Left-Handed Lady*』(2권)

『기묘한 꽃다발 *The Case of the Bizarre Bouquets*』(3권)

『별난 분홍색 부채 *The Case of the Peculiar Pink Fan*』(4권)

『비밀의 크리놀린 *The Case of the Cryptic Crinoline*』(5권)

『집시여 안녕 *The Case of the Gypsy Goodbye*』(6권)

『검은색 사륜마차 *Enola Holmes and the Black Barouche*』(7권)

『우아한 가출 *Enola Holmes and the Elegant Escapade*』(근간)

집시여 안녕

1889년 7월

"셜록 도련님, 이렇게 다시 볼 수 있다니 너무 기쁘네요……." 위대한 탐정 셜록이 반바지 입던 꼬마 때부터 알아온 홈즈 집안의 하인 레인 부인의 목소리엔 아직 떨림이 채 가시지 않았고, 세월의 흔적이 묻은 침침한 눈엔 눈물이 그대로 고여 있었다. "……이렇게 오시다니 정말 감사해요."

"천만에요." 여느 때처럼 셜록은 감정을 드러내지 않은 채 펀넬 홀의 짙은색 나무 조형물을 자세히 들여다본다. "선친들이 살던 집에 들를 기회라면 언제든 환영이죠." 한여름 시골 복장 — 베이지색 리넨 정장, 무두질한 새끼염소 가죽으로 만든 가벼운 부츠와 장갑, 사냥 모자 등 — 을 한 셜록이 장갑과 모자, 지팡이를 거실 식탁에 내려놓고는 바로 본론으로 들어간다. "레인 씨의 전보를 받고 좀 의아했어요. 소포에 뭐가 들었길래 열어보길 주저하는 거죠?"

레인 부인이 대답하려는데 그녀의 남편이자 백발의 집사 레인 씨가 평소의 위엄 따윈 거의 내팽개친 채 서둘러 거실로 들어왔다. "셜록 도련님! 정말 잘 오셨어요!" 그러고는 아내가 수선 떨던 상황이 똑같이 되풀이될 참이었다. "침침한 제 눈이 다 호강하네요…… 정말 잘 오셨어요…… 날이 따뜻해 바깥에 앉으셔도 좋을 듯해요."

레인 씨의 말대로 산들바람이 열기를 식히도록 셜록은 현관의 그늘진 곳에 앉는다. 레인 씨가 얼음이 담긴 레모네이드와 마카롱을 권했고 셜록은 하던 얘기를 계속해서 이어나간다.

"레인," 셜록이 점잖은 집사에게 묻는다. "최근 받았다는 이 소포에 왜들 그렇게 긴장하는 거죠?"

수십 년간 어수선한 집안 정돈에 도가 튼 레인 씨가 조리 있게 대답한다. "셜록 도련님, 무엇보다도 이 소포는 한밤중에 도착한 터라 누가 놓고 갔는지 모른답니다."

10

버들가지로 만든 쿠션 의자에 앉아 있던 위대한 탐정 셜록이 여기 온 후 처음으로 덜 지루한 표정을 한 채 몸을 앞으로 구부리며 관심을 드러낸다. "어디에 놓았다고요?"

"부엌문 앞에요. 레지날드가 없었다면 아침까지도 몰랐을 거예요."

셜록 옆에 납작 엎드려 있던 털북숭이 콜리 종 개가 자기 이름이 호명되자 뭉툭한 머리를 치켜든다.

"저흰 레지날드를 안에서 재우고 있어요." 레인 부인이 풍만한 몸으로 다른 의자에 앉으며 말한다. "여러 해 동안 우리와 같이 지내고 있죠."

레지날드가 다시 머리를 바닥에 누인 채 털북숭이 꼬리로 현관 바닥을 두드린다.

"레지날드가 짖어댔겠죠?" 셜록 홈즈의 인내심이 점점 바닥이 난다.

"오, 호랑이가 으르렁거리듯 막 짖어댔죠!" 레인 부인이 강조하듯 머리를 끄덕인다. "그치만 송구하게도, 무릎에 무리가 가는 계단을 피할 요량으로 서재 소파 같은 데서 잠을 자온 게 아니라면, 레지날드의 짖는 소리를 들었다고 할 순 없을 것 같아요."

"하지만 전 충분히 들릴 만한 곳에 있었는데도 아내가 벨을 눌러 부를 때까지 아무것도 감지하지 못했는 걸요." 레인 씨가 힘주어 받아친다.

"부엌문으로 달려들더니 사자처럼 짖어대고 있더라고요!" 짐작건대 레인 부인이 또 레지날드를 들먹이고 있다. 레인 부인의 흥미로운 진술은, 특히 호랑이든 사자든 전혀 개처럼 짖지 않는다는 사실을 감안할 때, 남편의 신중한 진술과는 완전 대조적이다. "하지만 남편이 내려올 때까진 무서워서 꼼짝 못 하고 있었죠."

늘 그렇듯 사람들의 판단력 부족에 평소 같은 실망을 내보이며 매부리코 셜록 홈즈가 다시 의자에 등을 기댄다. "그러니까 두 분이 소포를 발견했을 땐, 그 소포를 놓고 갔을 만한 정체불명의 사람이나 그런 사람들의 흔적 같은 건 아예 못 본 거군요…… 그때가 몇 시였죠?"

레인 씨가 대답한다. "목요일 새벽 3시 20분쯤이었어요, 셜록 도련님. 바로 나가서 조금 뒤쫓아봤지만, 워낙 탁하고 칠흑같이 어두운 밤이라 아무것도 보이지 않았어요."

"물론 그랬겠죠. 그래서 소포를 안으로 들이고 열어보진 않은 거군요. 왜 안 열어본 거죠?"

"셜록 도련님, 감히 저희가 어떻게 그러겠어요. 게다가 소포는 딱히 뭐라 말하긴 어려운데 여러모로 특이하더군요."

여하튼 그 미심쩍은 점을 막 설명하려는 레인 씨를 셜록이 손을 들어 막는다. "제 측을 한번 믿어봐야겠군요. 그 기묘한 소포를 좀 가져다주시죠."

사실 가져온 물건은 소포라기보다 두꺼운 갈색 종이를 붙여 만든, 안이 텅 빈 듯 아주 가벼운, 특대 사이즈의 평평한 봉투다. 하지만, 그 봉투에 새겨진 문양만큼은 홈즈의 눈길을 사로잡기에 충분하다. 그러니까 봉투 겉면은 온통 검은색의 조잡한 문양으로 뒤덮여 있고, 직사각형의 네 변은 지그재그, 나선, 곡선 등 짙은 선들로 둘러싸여 있으며, 네 모서리엔 하등 생물의 눈 같은 아몬드와 원 문양이 있다.

"등골이 오싹한데요." 레인 부인이 성호를 그으며 입을 연다.

"다분히 그걸 노린 듯하군요. 하지만 대체 누가……." 셜록 홈즈가 봉투의 또 다른 문양을 살펴보며 문득 말을 멈춘다. 봉투에는 새, 뱀, 화살, 황도 12궁(하늘에서 태양이 지나가는 길을 의미하는 황도상에 위치한 12개의 별자리로 점성술에 이용됨-역주), 별, 초승달, 해 모양의 조잡한 그림들이 빼곡히 들어차 있었다. 물론, 봉투 중앙의 커다란 원 부분만 빼면 말이다. 불길한 십자선으로 둘러싸인 이 원은 얼핏 그 안쪽이 텅 비어 보인다. 하지만 돋보기 렌즈까지 꺼내 봉투를 면밀히 살피던 셜록 홈즈가 이 원을 스스로도 놀랄 집중력으로 들여다본다.

잠시 후 셜록이 — 렌즈를 마카롱 접시에 내려놓은

줄도 모른 채 — 무릎에 봉투를 올려놓고 앉아서는 저 멀리 펀델 홀의 오크 나무를 바라다본다.

레인 부부는 서로 쳐다보기만 할 뿐 아무 말도 하지 않는다. 이 침묵 가운데 오직 레지날드의 코 고는 소리만 들려올 뿐이다.

셜록 홈즈가 눈을 깜박이며 잠든 개를 바라보다 집사 부부 쪽으로 고개를 돌린다. "혹 두 분 중 이 봉투에 그려진 그림을 본 사람이 있나요?"

레인 씨가 묘하게 공식적인 어조로 심지어 주의까지 기울이며 대답한다. "예, 도련님, 물론이죠."

"사실 노안인 제 눈엔 아무것도 보이지 않았어요," 레인 부인이 죄라도 자백하는 말투로 이야기를 꺼낸다. "그러니까 레인 씨가 아침 햇살에 비춰서 보여줄 때까진요. 근데 갈색 종이라 잘 보이진 않더군요."

"이렇게 주변이 온통 조잡한 숯으로 처리되지만 않았어도 훨씬 알아보기 쉬웠겠죠."

"숯이요?" 집사와 요리사 아내가 놀라 소리친다.

"틀림없어요. 자세히 보면 이렇게 숯가루와 숯 자국이 보이죠. 숯가루 때문에 원래의 그림이 거의 지워진 게 분명해요. 두 분은 이 그림을 볼 때 어떤 느낌이 드나요?"

두 사람이 다소 당혹스러운 듯 서로 쳐다보더니 레

인 씨가 대답한다. "아주 아름다우면서도 섬세한 꽃 그림으로 보이는데요."

"국화죠." 셜록이 불쑥 끼어든다.

"……녹색 화환 가운데 있는."

"담쟁이덩굴도 보이고요." 셜록이 훨씬 더 퉁명스러운 어조로 말한다. "혹 두 분 중 이 화가의 스타일이 낯익은 사람 있나요?"

순간 침묵이 흐른다. 레인 부부의 표정이 눈에 띄게 슬퍼 보인다.

"저……" 마침내 레인 부인이 입을 뗀다. "생각해보니……" 하지만 그게 누군지는 언급할 수 없는 눈치다.

"도련님, 저희가 뭐라 할 사안이 아니라서요." 레인 씨가 말한다.

"왜들 이러세요." 셜록의 어조에 매우 불편한 기색이 드러난다. "저뿐 아니라 두 분 다 저게 어머니의 작품이란 거 다 아시잖아요."

셜록은 지금, 사라진 지 거의 일 년이 돼가는 유도리아 버넷 홈즈 여사에 대해 말하고 있다. 어떤 범죄에 연루된 것 같진 않고, 단지 가출한 듯 보이는 나이 지긋한 기묘한 여인.

게다가 어머니가 떠난 지 얼마 안 돼 셜록보다 훨씬 어린 열네 살짜리 여동생, 에놀라 유도리아 하다사 홈즈도 떠나버린 상태.

한참 동안 침묵이 흐른 후 레인 부인이 소심하게 묻는다. "셜록 도련님, 홈즈 사모님과 에놀라 아가씨에 대한 소식은 좀 들으셨나요?"

"아." 설령 동생의 이름을 듣는 순간 만감이 교차한다 해도 매처럼 날카로운 셜록에게서 감정이 드러나는 법은 없다. "네, 런던에서 에놀라를 여러 번 마주치긴 했어요. 제대로 만난 건 아니지만."

"아가씨는 잘 지내시나요?"

"말도 못 하게 잘 지내고 있죠. 처음에 그 아인 마치 어머니와 한통속이라도 된 듯 『펠맬 가제트』지 인사 광고란에 암호 메시지를 실어 소통했어요."

레인 부인이 남편을 힐끗 쳐다보다가 목을 가다듬고 용기 내어 말한다. "암호는 알아내셨나요?"

"물론 여러 암호를 알아냈죠. 도무지 감이 안 오는 한 가지 암호만 빼면요." 한계를 인정하는 위대한 탐정의 목소리가 순간 더욱 날카로워진다. "하지만 확실한 건 어머니의 암호명은 '국화'고, 동생의 암호명은 '담쟁이덩굴'이란 사실이죠." 셜록이 무릎에 놓은 봉투의 희미한 연필 그림을 손가락으로 톡톡 두드린다.

순간 레인 부부가 헉하고 숨을 내쉬는 바람에 레지날드가 잠에서 깼다. 레지날드는 하얀색 네 발로 벌떡 일어나 경계 자세를 취하더니 이내 털북숭이 귀를 쫑 긋 세운 채 코로 냄새를 맡는다.

"레지날드." 마치 왓슨에게 사건을 설명하듯 진지 한 모습으로 셜록이 레지날드를 쳐다보며 이야기한다. "어머니에게선 몇 달 동안 연락이 없었어요. 그런데 왜 이제야 이런 소포를 보내오신 걸까요?" 셜록의 가느다 란 손가락이 마치 소리 없는 드럼이라도 두드리는 듯 갈색 종이봉투를 두들겨댄다. "게다가 이 안엔 또 뭐 가 들었을까요?"

레인 씨가 말한다. "도련님, 편지 칼을 가져올까요?"

"아뇨, 그럴 순 없죠." 소위 신사라면 남의 편지를 엿 보거나 할 순 없는 노릇이다. "에놀라에게 온 편지겠 죠." 옆에 앉은 레지날드가 경계하며 일어선 것처럼, 셜록 홈즈도 돋보기 렌즈를 주머니에 넣으며 경계하 듯 일어선다. 셜록의 모습이 마치 냄새라도 맡은 경찰 견 같은 모양새다. "이걸 런던으로 가져가서 에놀라에 게 전해야겠어요."

레인 부부도 가만히 서서는 셜록을 바라본다. 집사 레인 씨가 의심스러운 목소리로 말한다. "그런데 셜록 도련님, 아가씨의 소재는 알고 계시나요?"

"예." 탐정의 예리한 눈빛이 빛나며 입가에 미소가 감돈다. "예, 알 것 같아요."

1장

그 운명적인 날 아침, 오랜만에 사무실(다시 말해, 내 허구의 고용주인 사이언티픽 퍼디토리언 레슬리 T. 라고스틴 박사의 사무실)에 출근한 나는, 넓은 오간자(빳빳하고 얇으며 안이 비치는 직물-역주) 옷깃이 달린 몸에 딱 맞는 공주풍의 겨우살이(보통 그 줄기를 크리스마스 장식에 쓰는 덩굴식물-역주) 빛 녹색 비단 드레스를 입고 있었다. 또한 머리엔 공들여 매만진 우아한 적갈색 머리장식(가발) 위로 옷깃에 어울리는 모자를 쓰고 있었고, 손가락엔 결혼반지를 끼고 있었다.

"좋은 아침이에요, 제이콥슨 부인!" 급사인 어린 남자아이가 문가에서 큰 소리로 날 맞았다.

"안녕 조디!" 나는 미소를 지어 보였다. 아니 정말로 활짝 웃었다. 마침내, 한 달이 지나고 나서야, 이 소박한 사내아이가 날 제이콥슨 부인이라고 자연스럽게 불렀다. 그러니까 수제 드레스(레이스 뜨개질로 가장자리를 다듬은 자주색 얇은 무명 드레스)에 반지를 끼고 출근했던 한 달 전 아침과는 완전 딴판이었다.

"이제부턴 절 제이콥슨 부인으로 불러주세요." 그날 아침 난 (어리둥절한 얼굴로) 모여 있던 '라고스틴 박사'의 스태프들, 그러니까 가정부 피츠시몬스 부인, 요리사 베일리 부인 그리고 조디에게, 나에 대해 '존 제이콥슨 부인'이라고 부르도록 단단히 일러두었었다. 오늘 아침엔 왼손을 들어 보이며 전날 전당포에서 구한 결혼반지까지 보여주었다.

"이런!" 급사 특유의 우스꽝스러운 모자 아래로 눈이 휘둥그레진 조디가 소리쳤다. "이거 금, 아니에요? 순금인가요?"

"음, 축하해요." 피츠시몬스 부인이 말했다. "당황한 모습을 보여드려 죄송해요. 너무 놀란 나머지 그만."

아무렴 나만큼 당황했을까. 물론, 밤사이 벌어진 일을 다 설명할 도리는 없겠지만, 셜록 오빠에게 나란 존재가 윔브럴 경과 크리놀린 암호 사건을 통해 너무 많이 노출된 상황에서, 신상에 변화를 줘야 했던 나로선 기성복이며, 조잡한 금발 가발이며, 값싼 장신구 차림의 아이비 메셜리에 관한 모든 걸 버린 채 이스트엔

19

드를 떠나야 했었다.

"그간 결혼할 거란 내색을 전혀 안 하셨잖아요." 피츠시몬스 부인이 말했다.

"세상에," 훨씬 더 거침없이 말하는 요리사 베일리 부인이 참지 못하고 터트렸다. "그럼 남편 제이콥슨 씨도 이제 라고스틴 박사와 함께 사는 거죠?"

이 이야기를 들은 나머지 두 사람이 헉하고 숨을 내쉬었다. 내 면전에서 모든 게 내 경력을 꾸미기 위한 선의의 거짓말, 곧 허구라는 점을 암시하는 이 말을 이처럼 대놓고 떠든 이는 처음이었기 때문이다. 분명 베일리 부인이 끽소리도 못 내도록 해줬어야 맞지만, 순간 그녀가 가시 세운 고슴도치마냥 잔뜩 으쓱해져서는 날 웃음거리로 만들어놓는 통에 나도 장단을 맞춰 큰 웃음을 터트렸다.

세 사람이 얼빠진 듯 날 쳐다보았다. "터놓고 말해서, 베일리 부인," 나는 정신이 버쩍 들 만큼 놀랐음에도 미소 띤 얼굴로 떠들어댔다. "그렇다면 말씀들 해보시죠. 이곳에서 충분한 월급을 받고 있죠? 대우도 괜찮고요? 일하기에도 안성맞춤이죠?" 나는 눈썹을 치켜올린 채 세 명을 차례로 응시하며 따져 물었다.

세 사람 다 강한 긍정의 표시로 고개를 끄덕였다. 아마도 크리스마스 때 아주 후한 보너스를 받았던 걸 기억해낸 모양이었다.

"자, 그러면," 이번에는 베일리 부인을 유독 주시하며 물었다. "내 이름이 뭐죠?"

틀림없이 대놓고 말하는 습관 때문에 해고당하지 않은 걸 고마워하고 있을 그녀가 이번엔 나와 공모자라도 된 양 대답했다. "물론 부인의 이름은 — 그러니까 — 이런, 갑자기 생각이 안 나네요."

"존 제이콥슨 부인이라고 말했을 텐데요." 앞으로 내가 누굴 만나든, 설령 이름이 같다 해도, 그러려니 하고 넘어갈 만한 이름이 바로 내가 지은 존 제이콥슨이란 남편 이름이었다.

베일리 부인이 이번에는 다리를 뒤로 한 채 허리를 구부려 예를 표했다. "아, 예, 제이콥슨 부인."

"아주 잘했어요. 그래야죠, 피츠시몬스 부인."

"물론입죠. 제이콥슨 부인."

"고마워요." 나는 외모뿐 아니라 억양도 좀 더 귀족답게 바꿨다.

"조디?"

"엄…… 분부대로 따르겠습니다요, 아가씨."

한숨이 절로 나왔다. 이 얼뜨기 같은 아이는 가르쳐도 아무런 소용이 없단 말인가? "아가씨라고 부르면 안 된다니까! 자, 내 이름이 뭐지?"

"엄…… 제이콥스 부인?"

"제이콥슨이라고."

"예, 제이콥슨 부인."

"잘했어. 그건 그렇고, 이제부터 전 더 이상 라고스 틴 박사의 비서가 아니고, 박사를 돕는 직원이에요."

"예, 알겠습니다, 제이콥슨 부인." 그들은 모두 내 '자 진 승급'에 군말 없이 동의했다.

"그렇다고 달라진 건 전혀 없을 거예요, 정말로." 내 가 시인하듯 말했다. "그냥 전처럼 각자 맡은 일을 하 면 돼요."

더는 소란을 떨지 않고 그들은 각자 자기 일에 임했 다. 물론 그들은 이웃 하인들과 쑥덕공론을 벌일 것이 다. 그나마 다행인 건, 이웃들이 셜록 오빠나 마이크로 프트 오빠가 사는 곳으로부터 멀리 떨어져 있다는 사 실이다. 더 다행인 건, 오빠들 모두 하인들을 두지 않 았다는 사실이다. 하지만 누군가 방심한 틈을 타 이 얘기가 달갑지 않게 오빠들의 주의를 끌 수도 있기에 절로 한숨이 나왔다.

22   그래도 6월이 가고 7월에 접어들어 걱정거리가 줄 면서 유독 특기할 만한 한 가지는 새 숙소에서 잘 챙 겨 먹은 만큼 전체적으로 동그스름해져, 더는 많은 패 딩이 필요 없게 되었다는 점이다. 사실 나는 회원으로

가입한 전문 여성 클럽의 비싼 숙소에서 생활하고 있었고, 그곳엔 남성의 출입이 전면 금지된 터라 나름 안전한 삶을 영위하고 있었다. 물론 곧 무너질 삶이었지만, 나는 달라진 외모도 외모려니와 이런 달라진 환경에 잠시나마 안주하고 있었다.

그러니까 다가오는 그 흥미로운 일이 터지기 전까진 말이다.

2장

앞서 말한 그 겨우살이 빛의 초록 드레스를 입은 운명적인 날, 공교롭게도 라고스틴 박사의 사무실에 도착하자마자 초인종이 울렸다. 화재경보기에 버금가는 그 초인종 소리는 울리고, 울리고, 또 울렸다. "도와주시오! 빌어먹을, 제발 도와주시오!" 귀족적이면서도 멜로드라마에나 등장할 법한, 정말로 거의 오페라 조로 외쳐대는 한 남성의 목소리가 들려왔다. 영국인 특유의 자제력이라곤 영 찾아볼 수 없는 목소리였다. "어서 좀!" 그때 난 그의 깊은 목소리에서 외국 억양을 알아채지 못했다.

"맙소사, 조디," 책상에 앉아 있던 놀란 소년에게 내가 지시했다. "문 열어야지."

조디가 문을 열자, 고래고래 소리를 지르고 있는 한

남성의 반짝이는 실크해트(서양의 남성 정장용 모자-역
주)와 풀 먹인 옷깃, 실크 크라바트(넥타이처럼 매는 남
성용 스카프-역주), 그리고 도시 스타일의 코트 사이
로 우스꽝스럽게 끼어 있는 일그러지고 상기된 얼굴
이 눈에 들어왔다. 자신을 맞기 위해 서 있는 나를 향
해 성큼성큼 걸어오는 남자의 얼굴에 애써 정돈된 표
정을 지어 보이려는 모습이 역력했다. 꽤 잘생긴 젊은
귀족의 거친 모습을 보니 문득 브론테의 소설에 등장
하는 히스클리프(『폭풍의 언덕』에서 여주인공 캐서린과 불
멸의 사랑을 나눈 남주인공 이름-역주)가 떠올랐다. "라고
스틴 박사 안에 계신가요?" 그는 거의 정신을 잃은 사
람마냥 물었지만, 그 와중에도 예의는 놓치지 않았다.
그가 모자를 벗자 큰까마귀 같은 검은색 머리카락이
드러났다.

"안타깝게도 지금 안 계시는데요. 당분간은 안 돌아
오실 거예요." 귀부인같이 차려입은 물결무늬 비단과
오간자 재질의 의상 덕분에 난 단순한 하인으로 보이
지 않았다. 그만큼 내 신경도 덩달아 곤두섰다. "라고
스틴 박사의 개인 어시스턴트로서 제가 도울 일이 있
을 것 같군요. 자리에 앉으시죠."

그는 기진맥진한 모습으로 의자에 털썩 주저앉았다.
그때 조디가 평소 어설픈 행동과는 딴판으로 얼음물

주전자와 유리잔들이 담긴 쟁반을 들고 나왔다. 내가 잔에 얼음물을 붓자, 남자가 차가운 음료를 받아들었다. 필시 쉰 목도 가다듬고 심란한 마음을 가라앉히려는 듯했다. 그러는 동안 나는 책상 뒤로 가서 다시 자리를 잡았다.

"성함을 말씀해주시죠." 나는 준비해둔 연필과 종이를 꺼내며 물었다.

검은색 까마귀 날개 같은 그의 눈썹이 구부러졌다. "치플리온위 백작의 셋째 딸로 태어난 내 아내가 영문도 모른 채 느닷없이 사라진 마당에 경찰은 멍청이같이 굴고만 있소. 더는 시답잖은 소리에 낭비할 시간 없으니, 라고스틴 박사와 직접 이야기하게 해주시오."

"물론이죠. 그렇지만 제겐 위급 상황에서 예비 조치를 취할 충분한 권한이 있습니다. 자, 이제 말씀해주시죠. 사실을 기록해야 하니까요. 성함이 어떻게 되시죠?"

그는 깃대처럼 몸을 똑바로 세워 앉았다. "나는 카탈로니아 왕족 혈통의 듀케이(Duque) 루이스 올랜도 델 캄포라고 하오."

아하! 이 남자는 스페인어로 공작이란 의미의 '두께 (Duque)'를 '듀케이(du-kay)'로 발음하고 있었다. 나도 모르게 "공작을 모시게 되어 영광입니다"라는 말이 자동적으로 튀어나왔다. 다른 모든 영국 학생마냥 내 머릿속에도 왕, 공작, 후작, 백작, 남작, 전하(왕족에 대한 경칭-역주), 각하, 경 등 귀족 계급에 대한 서열이 새겨져 있었다. 아울러 황제, 백작, 기사(국가에 대한 공로를 인정받아 왕으로부터 훈위를 수여받은 남자. 이름 앞에 Sir라는 경칭이 붙음-역주)와 같은 특이한 명칭들에 대해선 예절 가이드북이 요긴하게 쓰였다. "그리고⋯⋯."

남성은 내가 묻기도 전에 내 말을 끊고는 더욱 힘주어 말했다. "내 아내는 가냘프고 여리여리한 미녀, 그러니까 연약한 여성성 위에 핀 섬세한 꽃 같은 자태로 명성이 자자한 고위층 레이디 블랑슈플뢰르입니다."

"그렇군요," 아무리 아내 이름이 프랑스어로 '하얀 꽃'을 뜻하기로서니 공작이 내뱉는 이런 시적인 묘사에 순간 당황한 내가 중얼거렸다. "공작부인이 실종되어 정말 유감입니다."

"우리는 아내가 평소처럼 시녀들과 산책을 즐기다가 어이없이 납치당했다고 믿고 있소." 검은 머리카락 밑으로 드러난 공작의 얼굴이 이제 평정을 되찾은 듯 완연한 흰색을 띠었다.

"그 흉악스러운 일은 대략 몇 시에 일어난 거죠?"

"어제 오후 두 시쯤이오."

그렇다면 공작은 밤새 깨어 있었단 말이 되고, 그런 논리라면 공작의 상태가 다소 안 좋아 보이는 것도 무리는 아니었다. "그런데 이 일은 어디서 일어난 거죠?"

"말리본(런던 중서부의 한 지구-역주)에 있는 집주변을 거닐고 있을 때였소. 아마 베이커 스트리트였을 거요."

"아," 순간 난 말을 더듬었다. "음……" 베이커 스트리트! 그곳은 바로 내 친애하는 오빠, 만만찮은 셜록 홈즈가 사는 곳이자, 이 사건을 조사하는 동안 위험천만하게도 오빠와의 물리적 거리가 좁혀질지도 모르는 곳이었다. "아, 베이커 스트리트요, 그렇군요. 정확히 베이커 스트리트 어디쯤이죠?"

"도셋 광장이요."

맙소사. 그곳은 셜록 오빠의 아파트와 지척에 있었다. "……그러니까 지하철역이 있었던 것 같소." 공작은 신사 특유의 혐오 섞인 표정으로 *지하철*이라는 단어를 내뱉었다. 보통 이런 싸구려 교통수단은 하층 계급만 이용하던 터라 그는 이런 낯설고, 어두침침하고, 해로운 이동 수단에 대해 업신여기는 눈치였다. 사실, 지하철은 기관차 엔진 뒤쪽의 챔버로 연기가 쌓이긴 했지만, 전용 배기관만을 통해 배출하는 구조라 그 안은 늘 새어 나온 연기와, 청결과는 담쌓은 자들의 악취로 진동을 했다.

혹 셜록 오빠는 지하철을 이용했을까? 난 왓슨 박사의 글 어디에서도 위대한 탐정이 자신의 숙소에서 반블록 떨어진 곳의 지하철역에 드나들었다는 이야기를 읽은 기억이 없다.

"공작님," 내 귀족 고객에게 재촉했다. "무슨 일이 일어났는지 정확히 말씀해주시겠는지요."

"정말 어이없고 괴롭기 그지없는 일이오." 루이스 올랜도 델 캄포 공작이 순간 항의의 제스처로 키드 가죽 장갑을 낀 손을 들어올렸다. "이 이야기를 어린 학생마냥 계속 떠들어댈 순 없소. 어서 라고스틴 박사를 불러주시오!"

친애하는 독자를 고려하여, 그 후 두서없는 공작의 설명을 듣기 위해 시간은 시간대로 낭비해가며 공작을 달래고 구슬리느라 내가 끊임없이 물을 들이켰던 과정은 생략하겠다. 애매한 점은 좀 남아 있지만 그래도 현재로선 공작부인이 홀로 베이커 스트리트 지하철역 아래로 내려갔다고만 말해두겠다. 그러니까 공작부인의 시녀 한 명은 용기를 내어 공작부인과 동행하기 위해 내려갔고, 다른 한 명은 계단 맨 위에 머물러 있었다. 그런데 그때 무슨 영문인지 아래로 내려갔던 시녀가 사색이 되어 계단을 뛰어 올라왔다. 도대체 공작부인은 어디로 간 걸까? 그 후 두 시녀 모두 공작부인을 찾으러 다시 아래로 내려갔지만, 이미 부인은 사라진 상태였다. 그렇게 고귀한 태생의 미녀 블랑슈플뢰르 델 캄포 공작부인은 완전히 실종되어버렸다.

정말 의아한 일이었다. "경찰은 수색에 착수했겠죠?"

공작이 사납고 절망적인 얼굴을 치켜들었다. "네, 경찰이 찾아보긴 했지만 아내의 흔적은 발견하지 못했소."

"혹 공작부인이 다른 출구로 나간 건 아닐까요?"

"그런 건 있을 리가 없소. 아내가 선로를 헤매고 다녔다니 그건 정말 터무니없는 생각이오."

그야말로 터무니없는 생각이었다. 그런 행동은 쥐들과 동무가 되는 것도 모자라 지나가는 열차에 치일 위험까지 무릅쓰는 일이었기 때문이다. "도대체 왜 공작부인이 지하철에 발을 들여놓았을까요?"

"아내가 사라지는 동안 어떤 열차도 통과한 적이 없소. 그 점에 대해선 두 시녀도 확고부동할 뿐 아니라, 지하철 일정도 뒷받침해주고 있소."

"하지만 공작부인이 지하철역의 플랫폼에 남아 있었거나 계단을 올라갔다면, 아마 시녀들도 부인을 봤을 겁니다."

"그러니까! 그것도 불가능한 일이오. 정말 어찌할 바를 모르겠소."

"혹시 몸값 요구를 받으셨나요?"

"아직이요. 그렇게 된다면 난 당연히 몸값을 지불할

거요. 나도 부자지만 아내의 아버지인 백작도 꽤 갑부
니까. 하지만 이런 기괴한 납치는 정말 상상도 못 해
본 일이오. 어찌 이런 일이! 아내는 대체 어떻게 끌려
갔단 말이오? 이렇게 전혀 눈에 띄지도 않고! 아내
가 아무도 상상할 수 없는 그런 곳에 들어갔다 칩시다,
근데 그게 단지 어리석은 충동이었다?"

"무슨 충동을 말씀하시는 거죠?"

"아직 아무도 흡족하게 설명해주지 않았소. 시녀들
은 내가 무슨 질문이라도 하면 히스테리 발작이나 일
으키고, 경찰 조사관도 여태 아무것도 알아낸 게 없소.
온 세상이 미쳐 돌아가는 판국에 진짜 나까지 돌아버
릴 지경이오! 사실 난 셜록 홈즈 씨도 불렀소……."

순간 가슴이 방망이질 쳤다.

"그런데 하필 홈즈 씨가 시골 어느 엉뚱한 곳인가로
가서 오늘에서야 돌아올 예정이라오. 실은……."

흥분으로 제정신이 아닌 루이스 올랜도 델 캄포 공
작이 조끼에서 휘황찬란한 금시계를 꺼내더니 시간을
보았다. "지금쯤이면 날 기다리고 있을 거요. 가야겠
소." 공작이 자리에서 일어났다. "라고스틴 박사에게
좀 전해주시겠소?"

"틀림없이 박사님은," 마음이 요동쳤지만 나는 목소
리를 가다듬으며 선수를 쳤다. "공작부인의 시녀들과

31

이야기해봐야 할 겁니다."

"두 사람 모두 몸을 가누지 못한 채 널브러져 있소."

"그야 아주 당연한 일이죠. 하지만 시녀들의 이야기를 꼭 들어봐야 합니다. 게다가 그 시녀들이 공작님이나 경찰 조사관에게 이야기를 털어놓지 않으려 한다면, 그건 틀림없이 낯설거나 어려운 남성에게 편히 말하기 어려워서일 겁니다."

"맞소, 맞는 말이오," 공작은 마음이 산란한 상태로 중얼거리며 거친 시선으로 방 안을 뒤적거리더니 이내 고백이라도 하듯 내게 시선을 고정시켰다. "아무래도 여자인 당신이 시녀들을 심문하는 편이 더 나을 것 같은데 혹, 그리해주겠소?"

"물론이죠." 나는 줄곧 계획하고 있던 해결책을 그리 교묘하게 들이댄 데 대한 만족감을 애써 감추며 말했다. "주소를 말씀해주시겠는지요, 공작님?"

3장

오클리 가에 있는 루이스 올랜도 델 캄포 공작의 저택을 처음 본 순간 나는 놀라움에 눈을 깜박거렸다. 정말 뜻밖에도 신 무어 양식의 건축물인 데다, 특히 저택의 위치가 강둑 인근의 이런 배타적 지역에 있었기 때문이다. 보통 런던에서 그리스 부흥 양식(19세기 전반기의 건축 양식-역주)이나 조지 왕조풍, 이탈리아, 프랑스, 스위스, 바이에른 양식, 그리고 유감스럽게도 이 양식들이 조합된 건축물은 곧잘 눈에 띈다. 하지만 이런 신 무어 양식은 거의 눈에 띄는 법이 없다. 이 저택, 그러니까 노란색 벽돌로 지은 이 저택은, 주홍색 테두리와 짙은 청록색 지붕을 부각시키기 위해 고상한 황토색, 올리브색, 적갈색을 의도적으로 쓰지 않았다. 그런가 하면 붉은색 및 흰색 줄무늬가 있는 뾰족한 아치

밑에선 루비와 에메랄드 스테인드글라스가 반짝거렸다. 또 현관의 통로는 특대 체커 판 문양의 타일로 장식돼 있었고, 돌출된 창과 작은 탑 등의 지붕은 일반 널빤지가 아닌 『아라비안나이트』에서나 나올 법한 청동 돔으로 씌워져 있었다. 나는 정문에 이르러 히죽히죽 웃고 있는 '지니' 모양의 고리쇠를 능숙하게 다루면서 만반에 대비해 정신을 바짝 차렸다. 혹 저택에서 터번을 쓴 집사라도 나타나는 건 아니겠지?

물론, 아니었다. 날 들이기 위해 문을 열고 흔한 은 쟁반을 내민 사람은 꽃무늬 모닝 드레스 차림의 꽤 평범한 하녀였다. 나는 라고스틴 박사의 명함, 그러니까 그 위에 자필로 내 가명인 존 제이콥슨 부인이라 적은 명함을 쟁반에 올려놓았다.

"셜록 홈즈 씨도 계신가요?" 내가 하녀에게 물었다.

"아직 안 오셨어요, 부인. 홈즈 씨도 곧 오실 거예요."

맙소사. 셜록이 나타나기라도 한다면 난 사라질 방법을 궁리해야 할 것이다.

그녀는 내 명함을 시녀들에게 가져갔다. 그러니까 공작을 시중드는 하녀나 가정 도우미 말고 공작부인의 시중을 드는 시녀들에게 가져갔다. 흠. 흥미롭겠어. 나는 온통 아라베스크 무늬로 조각된, 벌집마냥 뻥뻥 뚫려 있는 매력적인 아치형 입구에서 기다리며 골

똘히 생각에 잠겼다. 입구에는 일반적인 드레스덴풍이 아닌, 코끼리, 사자, 황새, 쌈닭, 돌고래, 악어, 고양이 등 온갖 실제 동물 모양의 특이한 그릇이며, 도자기며, 청동 등이 진열되어 있었다. 아니, 살짝 놀랍게도, 그 고양이들은 진짜였다. 그러니까 동양풍 장신구로 치장한 이 늘씬한 집고양이들은 골동품 사이를 빈둥거리거나, 균형 잡힌 자세로 조각된 나무의 굴곡진 부분을 따라 태평히 걷고 있었다. 순간 그 광경이 어찌나 이국적이던지, 하녀가 위층으로 에스코트해주기 위해 다시 나타났을 때, 날 이대로 이슬람 궁전으로 데려가는 건 아닐까 하는 생각이 들었다.

내실에 대한 내 기대치는 꺾이지 않았다. 우선 상아색 벽 판 위로 보이는 벽 표면은 전체적으로 휘황찬란한 별 모양의 잘 어울리는 타일로 덮여 있었다. 낮은 아치형 천장 가장자리에는 살집 있고 스타일리시한 얼룩말 문양도 보였다. 또 벽의 한 부분엔 상아 틀로 된 페르시아 미니어처가 걸려 있었고, 발밑엔 근사하고 정교한 무늬의 튀르키예 카펫도 깔려 있었다. 그러니까 전체적으로 보자면, 기분 좋게 이국적인 분위기였달까?

하지만, 나를 맞은 두 아가씨는 무표정한 얼굴에 얇은 입술과 창백한 눈을 지닌, 영락없이 총독이나 남작

35

의 어린 딸들 같은 영국 귀족의 모습을 하고 있었다. 두 아가씨 중 한 명은 메리 햄블턴이고, 다른 한 명은 메리 소로우크럼이라고 하녀가 소개해주었다. 햄블턴은 청록색과 금색이 어우러진 새틴 재질의 사치스러운 차림이었고, 소로우크럼은 장밋빛 모슬린(속이 거의 다 비치는 고운 면직물-역주)을 덮어씌운 복숭아빛의 잔잔한 꽃무늬 호박단(광택이 있는 빳빳한 견직물-역주) 차림이었다. 사실 두 사람의 옷차림은 꽤나 화려했다. 어찌나 화려하던지 내가 입고 있는 물결무늬 비단 드레스가 다 초라해 보일 정도였다. 이 정도가 공작부인 시녀들의 집안 복장일진대, 과연 블랑슈플뢰르 공작부인의 외출 의상은 어느 정도일지 문득 궁금해졌다.

하지만 두 명의 메리가 먼저 앉은 후 무심한 표정으로 내게도 앉으라고 손짓할 때, 난 잠시 이 질문을 접어두었다. 값비싼 드레스를 입었는진 몰라도 그들의 영혼은 가난하기 짝이 없어 보였고, 두 눈 또한 퉁퉁 붓고 충혈된 상태였기 때문이다.

나를 안내한 하녀가 차를 내오자 청록색 새틴 차림의 메리가 입을 열었다. "솔직히 이런 시간을 갖는다는 게 기분이 썩 좋진 않네요." 마치 날 상대해주는 일이 대단한 관대함이라도 베푸는 것인 양 두 사람의 메리는 유난히 꼿꼿한 자세를 취하고 있었다.

"우린 이미 경찰과 이야기를 나눴어요." 호박단 차림의 메리가 화난 말투로 덧붙였다. "당신의…… 아, 그러니까 라고스틴 박사는 대체 뭘 알고 싶어 하는 거죠?"

나는 이제 하려던 일에 착수하기 위해 가져온 작은 가방을 열어 담황색 여름 면장갑을 벗어 던진 후, 큼지막한 종이 한 꾸러미를 꺼내 연필을 치켜든 채 자리에 앉았다.

"우선 박사님은 두 분과 두 분의 고귀한 여주인이 매릴르번(런던 중서부의 한 지구-역주)엔 왜 간 건지 궁금해합니다."

"*왜*란 말은 가당치 않아요." 청록색 새틴 차림의 메리가 쏘아붙였다. "우리의 사랑스러운 블랑슈플뢰르 사모님은 원하는 곳이라면 어디든 가세요. 거기에 이유 같은 건 필요 없죠."

'친애하는 마님'도 아니고, '친애하는 여주인'도 아니고, '사랑스러운 블랑슈플뢰르 사모님'이라고? 아마도 공작부인은 유독 시녀들과 친숙하게 지냈던 것 같다.

"우리 사모님은…… 제 말은, 공작부인은……" 새틴 차림의 메리가 자신 없는 듯 더듬거리며 말을 잘 잇지 못했다. "일종의 불안한 영혼 같았어요……."

"젊은 분이라서……" 스무 살도 안 돼 보이는 또 다른 메리가 끼어들었다. "해가 되지 않는 범위 내에서 모험을 하고 싶어 하셨죠. 마치 온실과도 같은 공작부인의 삶은 가끔 끔찍할 정도로 따분해 보였기 때문에 한낱 충동일지라도 그것이 공작부인을 행복하게 해준다면…….”

양미간이 다소 좁은 그녀의 눈에 눈물이 고였다. *두 사람 다 진심으로 그들의 여주인을 좋아하는 듯 보인다,* 속으로 약간 놀라면서 나는 이 점을 머릿속에 새겨뒀다.

“한낱 충동이라고요.” 나는 그들이 말을 이어가도록 유도했다.

“네. 공작부인은 도시에서 가장 후미진 곳들을 탐험하고 싶어 했어요. 게다가 가로등 모양으로 자치구들을 구별할 수 있다는 말을 어디선가 들은 상태였고요.”

맞는 말이었다. 게다가 터무니없이 화려하게 장식된 가로등 조형물과 다른 가로등을 구별한다는 건 내 보기에도 어딘가 끌리는 구석이 있었다. 문득 루이스 올랜도 델 캄포 공작의 젊은 부인에게서 호감이 느껴지기 시작했다.

38

“……그리고 말씀드렸다시피 공작부인은 후미진 곳들을 보고 싶어 했기 때문에 우리는 주로 마차를 타고 이곳저곳 걸어 다녔어요.”

“지극히 자연스럽고 흥미로운 이야기군요.” 내가 장

담하듯 말했다. "어제는 외출해서 베이커 스트리트까지 갔다고요? 그리고 지하철역도요?"

"네, 하지만 보통은 우리 중 누구도 그런 곳엔 안 가죠." 맙소사, 아차 싶었다. 사람들은 담배, 맥주, 훈제 청어 냄새가 뒤섞인 퀴퀴한 냄새나 나는 그런 곳에 가지 않는다. "그런데 우리가 지나쳐갈 때쯤 입구에 웬 불쌍한 노파 하나가 서성거리고 있더군요."

"절룩거리며 훌쩍이던 노파는 계단도 잘 못 올랐고, 기차도 놓친 듯했어요. 지금 생각해보니 그 노파도 틀림없이 사악한 음모의 일원이었을 것 같네요." 청록색 새틴 차림의 메리가 감정을 억누르지 못한 채 끼어들었다. "하지만 당시엔 그런 음모가 있을 거라곤 전혀 의심하지 못했어요. 우리의 사랑스러운 블랑슈플뢰르 사모님은……."

두 사람의 시선이 즉시 나를 지나 저 멀리 벽 쪽으로 향했고, 그 눈빛이 어찌나 강렬하던지 내 시선도 덩달아 사랑스럽기 그지없는 젊은 여인의 실물 크기 초상화로 향했다. 금발의 연약한 머리와 특히나 섬세하고 다정한 눈망울이 금 구슬로 치장한 풍성하고 무거운 레드벨벳 드레스와 묘한 대조를 이루고 있었다.

"이분이 공작부인인가요?" 사실 그녀가 영국계 백작인 아버지와 프랑스계 어머니의 딸이란 건 이미 알

39

고 있었지만, 내심 공작인 남편을 만난 후 남편처럼 이 국적이고 다혈질인 사람으로 변했을 거라고 상상하고 있던 터라 나도 모르게 목소리를 높여 물었다.

"맞아요, 저분이 우리의 사랑스러운 여주인이세요. 하지만 저 사진은 그분을 제대로 보여주지 못한답니다." 호박단 차림의 메리가 목소리 톤을 갑자기 바꾸더니 부드럽고 다정한 말투로 말했다. "그분은 천사 같은 얼굴에 귀여우면서도 서정적인 아이의 마음을 지닌 분이에요. 또한 친절하고 상냥한 영혼이며……."

"어느 누구도," 문득 새틴 차림의 메리가 끼어들었다. "그분보다 참을성 있고 성스러운 어린 양 같은 분은 없을 거예요." 그리고 정말 당황스럽게도 그 도도한 젊은 메리가 흐느끼기 시작했다.

"그…… 그런…… 상황에서……" 호박단 차림의 메리가 새틴 차림의 메리에게 말했다. "그런 일이 일어날 줄은 어찌 알고, 또 그런 일이 일어난다 한들 어찌 막을 수 있었겠어?"

그녀는 내게 고개를 돌리며 말했다. "한편으론 죄책감이 들기도 하지만, 모든 일이 너무나도 순식간에 그리고 자연스럽게 일어났어요."

"턱에 짧고 뻣뻣한 털이 나 있던 그 이빨 빠진 노인네!" 흐느끼던 새틴 차림의 메리가 목이 멘 채 말했다.

"바로 그 노친네가 우리의 여주인에게 냅다 소리를 질러댔어요." 호박단 차림의 메리가 애써 코크니 억양으로 노파가 한 말을 흉내 냈다. "오, 이 땅에 내려오신 상냥한 성모 마리아님이시여, 부디 이 절름발이 노인네를 보살펴주소서. 이 가파른 계단에서 넘어졌다간 그야말로 끝장입죠. 하지만 당신의 천사 같은 얼굴을 보니……."

"그만해." 또 다른 메리가 숨넘어가는 어조로 명령하듯 말했다.

"암튼 더는 기억나지 않아요." 호박단 차림의 메리가 쏘아붙였다. "블랑슈플뢰르 사모님은 이미 충동적으로 그 늙은 거지가 계단을 내려가는 걸 돕고 있었고, 다음 순간 저희 시야에서 사라졌거든요."

비록 내색은 안 했지만 인도에서 두 사람이 어안이 벙벙한 채 서 있었을 건 불 보듯 뻔한 상황이었다. 나는 진술을 계속 듣기 위해 "그 노파가 어떻게 생겼던가요?"라고 물었다.

"흉측하기 이를 데 없는 낡아빠진 밀짚 보닛(끈을 턱 밑에서 묶게 되어 있는, 아기들이나 예전에 여자들이 쓰던 모자-역주)을 쓴 두꺼비 같았어요." 새틴 차림의 메리가 눈물을 멈추며 딱딱거렸다. "전 메리에게 '사모님을 계속 쫓아가, 난 네가 놓칠 경우를 대비해 여기 남아 지켜볼게'라고 말했어요."

분명 이 진술에 대해선 의견이 분분했지만, 정리하자면 몇 분쯤 지난 후 한 명의 메리가 위에서 기다리는 동안, 다른 메리가 위험을 무릅쓰고 계단을 내려간 듯했다.

"그리고 전 그 주위를 얼쩡거리는 가장 초라하고 형편없는 사람들 사이를 헤치며 플랫폼 한쪽 끝에서 다른 쪽 끝까지 사모님을 찾아 헤맸어요. 하지만 사모님은 거기 없었어요! 심지어 철로 계단 밑의 청소 도구함까지 살펴봤답니다."

"맹세컨대 사모님은 절대 위로 올라오지 않으셨어요." 또 다른 메리가 쏘아붙였다. "고로 사모님을 놓친 건 바로 너야!"

"하지만 난 *전부* 살펴봤는걸!"

"그런데 그 노파는 어떻게 됐죠?" 둘 사이 말다툼이 시작되기 전에 내가 물었다.

"마치 원래 있지도 않은 사람처럼 종적을 감춰버렸어요! 우리의 사랑스러운 블랑슈플뢰르 사모님과 함께요!"

4장

고통에 빠져 있는 두 사람을 보고 있노라니 더 머무는 건 왠지 가혹하게 느껴졌다. 내가 쓴 메모를 치우고 막 일어서는데 문득 아래층에서 분노의 목소리가 들려왔다. "……신문의 머리기사가 하나같이 '상류층 미인 납치', '백작 딸의 충격적 실종', '카스티야 귀족의 신부 납치'와 같은 말들뿐입니다."

틀림없이 아는 목소리였다.

셜록 오빠였다!

"……그럼 조간신문에선 아직 건질 게 없었다는 건가요?"

셜록이 뭐라 했는지 전혀 들리진 않았지만 그 대답이 부정적인 건 틀림없었다. "언론에서 떠드는 온갖 기사들 때문에 납치범이 겁을 먹고 숨어버리지나 않을지

걱정이군요." 셜록이 탐탁지 않다는 듯 말했다. "납치범이 몸값을 요구해올 때까진 할 수 있는 게 거의 없어요."

미리 할 일들을 구상해봤던 나로선 그런 오빠의 반응에 문득 놀랐다. 하지만 오빠가 그 집을 떠날 때까진 눈에 안 띄도록 내실에 머물러야 했다. "저……음……" 나는 두 명의 시녀 메리에게 물었다. "그 운명의 외출 날, 마지막으로 본 공작부인의 옷차림을 말해주겠어요?"

그들은 기꺼이 자세히 설명해주었다. "아, 사모님은 레드퍼른에서 새로 산, 최신 유행의 소매 딸린 파리 스타일 산책용 드레스를 입고 있었어요!"

"왜 그 불룩한 스타일 있잖아요." 또 한 명의 메리가 내가 미처 깨닫지 못하기라도 한 양 거들먹거리며 말했다. 여성 드레스의 뒷부분을 풍성하게 하는 스타일이 사라진 후에 생긴 가장 터무니없는 트랜드가 바로 어깨와 위 소매를 부풀리는 것이었다. 아무래도 늘 어딘가는 부풀려야 직성이 풀리나 보다.

"비둘기 목 부위의 모든 색이 다 담긴 물결무늬 비단옷이었어요. 옷 앞부분은 박스 플리티드(접은 선이 뒤에서 마주치게 되어 마치 상자와 같은 느낌을 주는 평면적인 주름을 잡은 앞면-역주) 모양이었고, 허리엔 정말 매력적인 아트 누보(유럽 및 미국에서 19세기 말~ 20세기 초 유행했던 건축 및 장식 예술의 한 양식으로 나뭇잎, 꽃 등의 자연물을 본떠 복잡한 곡선을 사용한 게 주요 특징-역주) 디자인의 넓은 아플리케(천 조각을 덧대거나 꿰맨 장식-역주) 벨트가 달려 있었죠."

아트 누보라고? 그때 난 멀뚱한 표정을 짓고 있었을 듯싶다. 설명을 늘어놓던 메리가 난데없이 버럭 소리를 내질렀기 때문이다. "잠깐만요, 아마 사진이 있을 거예요!"

난 두 사람이 꽤 우아한 속옷들로 가득 찬 옷장 서랍을 뒤지는 모습을 지켜봤다. 새것이라 주름 하나 없이 빳빳이 눌린 한 무더기의 손수건 중 한 장이 카펫 위로 떨어졌다. 그 손수건을 집어 든 나는 그 풍성한 베네치아 레이스 테두리 장식과 금색으로 촘촘히 'DdC'라고 수놓은 주홍색 모노그램(주로 이름의 첫 글자들을 합쳐 한 글자 모양으로 도안한 것-역주)을 보고 감탄하지 않을 수 없었다.

"혹시 델 캄포 공작부인Duquessa del Campo?" 나는 호박단 차림의 메리에게 이런 추측의 말과 함께 손수건을 건넸다.

"정말 그렇네요. 대체 그 사진은 어디 있는 걸까요?" 새틴 차림의 메리가 투덜거렸다.

그렇게 그들이 서랍을 뒤지는 동안 나는 한가로이

방 안을 활보하면서 그곳의 수많은 사치품 — 우아한 장식용 양치류 재배 용기며, 앞면이 유리로 된 꽉 찬 책장들이며, 공작 깃털을 마치 꽃처럼 진열한 큼지막하고 이국적인 꽃병들이며, 무늬를 새겨 넣은 자단(열대 상록 활엽 교목-역주) 재질의 유쾌한 장미나무 책상 — 을 살펴보았다.

책상에는 DdC 모노그램이 보이는 최고급 종이에 파란색 잉크로 절반쯤 써 내려간 편지가 놓여 있었다. 그렇게나 느긋하게 돌아다니며 이렇다 할 목적 없이 보이려고 신경 썼건만, 이 편지는 단숨에 내 눈길을 사로잡았다. 나는 보통 필체로 사람에 관한 많은 것을 추론한다. 그런데 블랑슈플뢰르의 필체는 특유의 겸손함 때문인지 꾸밈없이 한 획 한 획 단순하고 조심스레 써 내려간 것이 예사롭지 않아 보였다. 게다가 정말이지 작은 글씨였기에 망정이지 큰 글씨였다면 영락없이 어린애 글씨로 보일 뻔했다.

편지의 내용 또한 가히 주목할 만했다. 설명하자면 어릴 때 난 『브리태니커 백과사전』을 통째로 보면서 읽는 데 도가 튼 데다 읽는 속도도 상당히 빨라져 한 페이지를 한눈에 쓱 보고도 완전히 이해할 수 있었다. 물론 토씨 하나 안 빼고 정확히 이해할 정도는 아니었지만, 공작부인의 편지는 대략 다음과 같았다.

사랑하는 엄마.

엄마 잘 지내시죠? 아빠도 잘 지내시나요? 더운 여름 날
씨에 아빠가 류머티스 관절염으로 고생하시지 않길 바라
요. 일전에 서양호박을 곁들인 민트 소스 장어 조리법 보
내주셔서 감사해요. 요리사에게 자세히 일러놓았으니 곧
시식해볼 수 있을 거예요.

저에 관한 가장 중요한 소식이자, 사실상 유일한 소식
은 레드펀에서 새 드레스가 왔다는 사실이에요. 친절한
남편이 절 위해 메리 T와 메리 니를 재촉해 주문했지요.
당연히 새 드레스는 근사해요. 드레스 얘긴 다음에 한두
페이지 꼭꼭 채워 꼭 들려드릴게요. 약속할게요. 그런데
엄마. 남편과 두 메리는 절 파리에 보내 워스(찰스 프레드
릭 워스charles Frederick Worth[1825~95]. 오늘날의 고급 양
장점 기초를 쌓은 프랑스 디자이너 - 역주)에게 가봉을 받도록
할 거예요. 하지만. 다른 사람은 몰라도 엄마는 아시죠?
제가 그런 낭비를 얼마나 싫어하는지. 그런 풍요를 누릴
만큼 제 평생 어떤 선행도. 어떤 도움도 베푼 적이 없거
든요. 물론 아빠는 우리가 부자든 빈민이든 이건 다 하나
님의 의도이고. 빈민이 가난한 건 게으름 때문이라고 말
씀하시겠죠. 하지만 전 그냥 그렇게 내버려 둘 수 없어요.
거리에 나가면 가난한 사람들이 보여요. ─ 여기 런던에
선 외출만 하면 눈먼 거지들이며. 불구인 병사들이며. 작

은 꽃다발을 파는 곱슬머리 여자들이며, 누더기 걸친 아이들이 눈에 띄죠 ─ 그리고 전 그들이 불쌍해요. 하지만 제가 그들에게 돈이라도 졸라치면 시녀들이 아주 난리를 친답니다. 물론 이 일을 남편에겐 비밀에 부칠 만큼 좋은 사람들이긴 하지만요. 엄마, 엄마는 루이스 그 사람이 용처럼 으르렁대거나, 당혹스러우리만치 요란한 소리를 내며 키스하는 등 매사에 얼마나 과하게 행동하는지 아실 거예요. 전 몇 년 동안 루이스의 열정이 사그라들 거라 믿었지만 그렇게 되진 않더군요. 그치만 전 아내 될 자격이 없는 것 같아요. 제겐 아이가 없잖아요. 물론 그렇다고 절망해서도 배은망덕해서도 안 되겠지만, 레드펀에서 온 새 드레스의 가봉이 왜 그렇게 중요한 건지는 정말 모르겠어요.

제 말이 배은망덕하게 들렸다면 용서해주세요. 이 혼란스러운 마음을 도대체 어떻게 표현해야 할지 모르겠네요.

정말로 공작부인은 자신의 마음을 어찌 표현해야 할지 막막했던 것 같다. 편지는 딱 거기까지만 쓰여 있었기 때문이다. 그리고 나 또한 블랑슈플뢰르가 어떤 사람일지에 대해 막막했다. 버릇없이 귀하게만 자라 경멸스러운 귀족이겠거니 하면서도, 분명 양심의 가책을 드러낸 면에서 볼 때, 혹시 내가 부인을 만나게 된다면 좋아하게 될 수도 있지 않을까 싶었기 때문이다.

"아! 여기 있네요!" 새틴 차림의 메리가 소리쳤다.

내가 급히 다가가자 그녀는 꽤 큰 사진함을 건넸고 나는 그것을 열어보았다.

5장

사진 속 공작부인의 모습은 놀랄 만큼 우아한 복장과 적갈색의 풍성한 금발 머리로 찬란한 아름다움을 뽐내고 있었지만, 그녀의 가냘픈 얼굴은 불안하고 황량해 보였다. 순간 주름 장식이 엄청 많은 비단 옷깃 위로 그녀의 구슬픈 눈과 마주친 가운데 옷의 — 앞쪽이라기보단 양옆의 — 부드러운 곡선 모양이 눈에 들어왔다. 맙소사, 이 얼마나 가혹한 벨트인가! 얼빠진 듯 사진을 바라보던 내가 불쑥 내뱉었다. "공작부인은 세상에서 가장 가느다란 허리를 지니셨군요."

"아마도요!" 호박단 의상의 메리가 뽐내듯 대답했다. "우리의 사랑스러운 블랑슈플뢰르 사모님은 어릴 때부터 강철 스푼 모양의 코르셋을 입으셨거든요."

맙소사! 흉부 아래 앞쪽의 모든 돌출부를 최소화하

기 위해 강철 '스푼' 모양으로 죽 이어 만든 코르셋을 입었다니! 그것도 아이 때부터! 공작부인의 고통이 감히 상상조차 되지 않았다. 나 역시 단도 같은 물건을 감출 요량으로 코르셋을 입기는 했다. 하지만 결코 조이지 않았음에도 하루 일과가 다 끝나기도 전에 걸핏하면 그 뻣뻣한 걸 벗어던지기 일쑤였다.

"사모님은 늘 그렇게 해오셨어요. 잠잘 때조차도요."

잠잘 때조차 코르셋을 입었다고? 으레 귀족 아가씨들이라면 가느다란 허리를 위해 그런 끔찍한 고통쯤은 감내해야 할 것으로 여겨졌지만, 그래도 이 얼마나 끔찍한 일인가.

"물론 아기를 출산하는 동안은 제외하고 말이죠."

출산이라고? "공작부인이, 음……."

"불행하게도, 두 번 모두 유산하셨죠."

그래, 아이가 유산되는 것도 당연했다!

"정말 슬픈 일이죠. 코르셋 착용은 아기를 낳는 것만큼이나 고통스러운 일이었고 사모님의 건강을 엄청 위태롭게 했어요."

맙소사, 왜 안 그랬겠는가! 그런 가혹한 코르셋으로 불구나 다름없이 살던 공작부인이 유산 과정에서 죽었다고 해도 놀랄 일은 아니었다. 사람들은 그녀가 아기를 낳기를 기대했지만, 난 감히 그 일을 상상할 수도 없었다.

"생각해보니," 새틴 차림의 메리가 내게서 사진함을 돌려받으며 말했다. "이건 셜록 홈즈 씨가 보셔야 할 것 같아요. 조금 전 아래층에서 홈즈 씨 목소리가 들린 것 같거든요."

아, 안 돼. 그녀의 말을 못 알아들은 척하며 내가 재잘거렸다. "공작부인은 당연히 장갑도 끼고 계셨겠죠?"

"오, 네, 하얀색 그물망 장갑이었어요."

"그리고 입은 옷과 한 벌로 무슨 소품 같은 것도 들고 계셨나요?" 외모를 뽐내는 부인들이라면 으레 레티큘(끈을 당겨 여미는 천 재질의 여성용 지갑-역주), 머프(방한용 토시-역주), 부채 등 항상 소품을 지니고 다녔다.

"그 드레스에 어울리는 물결무늬 비단 재질의 주름이 달린 하얀색 그물 파라솔이요." 호박단 차림의 메리가 대답했다. "그리고 사모님의 다른 손엔 손수건도 들려 있었어요."

이 이야기는 살짝 놀라웠다. 보통 손수건은 젊은 미혼 여성들의 전유물이었기 때문이다. 미혼 여성들은 마음에 드는 남자가 접근해 오면 좀 더 쉽게 떨어뜨릴 수 있도록 손수건의 한가운데를 잡아 그 가장자리가 부채꼴 모양이 되도록 했다.

"블랑슈플뢰르 사모님께는 그게 필요했어요." 내 무언의 질문에 대해 새틴 차림의 메리가 덧붙였다. "이따금 코를 보호하기 위해서였죠. 공작부인은 천식이 약간 있으셨거든요. 그러니까 지금도요." 그녀의 말투가 점점 딱딱해졌다. 자신은 물론 내게 단단히 화가 난 눈치였다. "제가 밖으로 안내해드리죠."

그렇게 인터뷰는 갑자기 끝이 났다. 하지만 왜 그녀는 날 돌려보내기 위해 하인을 부르지 않았을까?

"따라오세요." 그녀는 여전히 사진함을 품에 안고서 내실 문 쪽으로 미끄러지듯 움직였다.

오, 맙소사, 그녀는 그 빌어먹을 사진을 셜록 홈즈에게 보여주고 싶어 했다. 자진해서. 정말로 그녀는 아주 안달이 난 듯했다.

제기랄, 이 일을 어쩐담? 계단 쪽으로 그 오만한 시녀를 따라가는 내내 마치 덫에 걸려 바둥대는 생쥐 꼴이 된 심정이었다. 셜록이 날 알아보기라도 한다면 참혹한 결과를 맞을 수도 있었다.

나는 셜록 오빠가 우아하고 여성스러운 가운과 모자를 쓴 나를 알아차리지 못할 거라고 스스로 안심시키려고 애썼다. 하지만 만약 오빠가 내가 누군지 묻는 과정에서 라고스틴 박사의 조수라는 말을 듣기라도 하는 날엔…… 안 돼, 그건 안 될 일이었다. 그런 상황

53

은 절대 허용돼선 안 될 것이다. 오빠는 계속해서 내 존재를 몰라야 한다. 그리고…….

계단에 다다른 순간 가슴이 철렁 내려앉았다. 아치형 현관의 복도 한가운데서 루이스 올랜도 델 캄포 공작과 작별 인사를 나누는 커다란 형체가 보였기 때문이다. 틀림없이 셜록 오빠였다.

"……부디 우리 가족을 휘감고 있는 이 무시무시한 어둠 속에 한 줄기 빛을 비춰주셨으면 합니다."

셜록이 안타까워하며 뒷짐을 지고 고개를 숙인 채 집중해서 듣고 있었다. 하지만 복도 테이블에 두었던 모자며, 장갑이며, 지팡이를 들고 얼른 집을 나서고 싶어 하는 모습도 역력했다.

모자걸이 같기도 한 그 자그맣고 기다란 테이블은 계단 아래쪽 부근의 문 맞은편에 있었다.

순간 감정에 앞서 내 눈은 이미 필요한 걸 찾았고, 내 손은 그걸 집어 들었다. 그러니까 난간을 서성이던 두세 마리의 고양이를 발견한 나는 사자 빛을 띤 커다랗고 유연한 녀석의 배 밑으로 한 손을 넣어 옆구리에 끼웠다. 그러고는 두 손가락으로 가방을 걸쳐 들고, 다른 한 손으로 고양이가 얌전히 있도록 녀석의 구불구불한 머리털을 쓰다듬었다.

수선을 떨며 엄청난 속도로 날 앞질러가던 새틴 차

림의 메리는 셜록 홈즈에게 열중하느라 내 손에 고양이가 들려 있는 것도, 우리가 1층에 다다른 후 (비단 그녀뿐 아니라 그 누구도) 내가 고양이를 높이 쳐든 것도 보지 못했다.

대체로 동물에게 친절한 편이긴 했지만, 순간 나는 고양이의 분노지수를 최대한 끌어올리기 위해 그 불쌍한 작은 고양이의 꼬리를 잡고 잠깐 들어올렸다 흔들어댄 후 모자걸이 위로 (감히 말하건대 감탄할 만큼 정확하게) 내동댕이쳤다.

그렇게 주의를 딴 데로 돌리는 일은 무모했지만 기대 이상으로 성공적이었다. 그 불쌍한 고양이는 방금 소에게 발길질 당한 우유 짜는 여자마냥 꽥하고 날카로운 소리를 내질렀고, 아래로 미끄러지듯 착지하면서 왁스 칠한 나무 마루를 발톱으로 마구 긁어댔다. 그렇게 고양이는 오빠의 실크해트며, 장갑이며, 지팡이를 건드려 바닥에 떨어뜨렸고 그 와중에 테이블도 덩달아 넘어졌다.

모두의 시선이 나에게로 쏠릴 때쯤, 나는 쿵 하는 굉음을 들으며 슬며시 문밖으로 빠져나갔다. 바로 그때 누군가 고함치는 소리가 들려왔다. 아마도 공작인 듯싶었다. "저 빌어먹을 고양이!" 툭하면 물건을 부수고 돌아다니는 고양이에게 공작이 으르렁거렸다. 안타깝게도 난 이 광경을 더 전할 수가 없다. 대체로 난 이런 광경이 펼쳐질 때 도망가고 있기 때문이다.

하지만 불평해선 안 된다. 일단 그 집을 빠져나와 첫 번째 길모퉁이 근처에 다다른 나는 오빠도 다른 누구도 딱히 나에 대해 떠올리지 않을 거란 확신이 들면서 마음이 편해졌다.

하지만 젊은 공작부인의 운명에 대해선 그녀가 지하로 사라진 걸 아는 상태라 별로 마음이 편치 않았다.

상류층이나 실제 중산층 중 극히 소수는 어느 정도 런던이 실제로 두 도시(위 도시와 아래 도시)로 이루어져 있다는 걸 알고 있었다. 일찍이 수많은 강의 물이 하수와 함께 템스강으로 유입됐다. 그런데 도시의 규모가 커지면서 템스강은 하수가 흘러 들어가는 하수관 역할을 하게 됐고, 급기야 템스강물의 오염으로 인해 콜레라 전염병이 창궐할 지경에 이르자, 바다로 쓰레기를 운반하는 제대로 된 하수관이 설치되었다. 그러나 옛 강물들은 그대로 남아 있었고, 그 상태에서 지하 철로가 건설되었다! 그런데 하수관과 지하철 건설에선 작업자들이 통행할 수 있는 터널들도 필수였다. 문득 이렇게 구멍이 숭숭 뚫린 스위스 치즈 같은 지반에 과연 도시가 서 있을 수나 있을지 궁금해졌다. 틀림없이, 너저분한 지하철역 안쪽에는 악당들이 몸값을

노려 부유한 부인을 납치하는 데 이용할 만한 통로가
있을 것이다.

나는 베이커 스트리트의 지하철역을 조사해야 했다.

6장

당연히 나는 지하철을 탔다. 그러니까 대 탐정이 아직 공작의 무어 양식 저택 진입로에서 마차를 부르고 있을 때, 나는 이미 베이커 스트리트 역에 와 있었다. 거기서 난 내 가방을 나중에 돌려받을 때까지 역장에게 맡기기로 했다.

계단이 하나뿐인 오래된 역 중 하나인 베이커 스트리트 지하철역은 대체로 칙칙한 철 구조물 일색이었고, 아치형 서까래의 시원찮은 가스등은 그 칙칙함을 뒤집기에 역부족이었다. 또한 우뚝 솟은 철제 서까래뿐 아니라 난간, 계단, 심지어 역장의 칸막이벽까지도 온통 구멍이 송송 뚫린 철제 세공이라 어떤 악당도 숨을 곳 따위 없어 보였다. 하지만 플랫폼에는 불량배들이 어슬렁거렸고, 음침한 그늘 또한 엄청 많았으며, 무엇보다도 ─ 가장 거슬리게도 ─ 내가 서 있던 역은, 지상의 도셋 스퀘어 자갈 위를 덜커덩거리며 지나다니는 나무 및 금속 바퀴 소리와 달가닥거리는 말발굽 소리가 한데 어우러져, 천둥 같은 북소리로 진동하고 있었다. 전에도 항상 그랬듯 나는 내 일에 몰두하면서 역에 들어서자마자 서둘러 플랫폼을 지나쳤고, 소음과 매캐한 악취를 가급적 피하기 위해 바로 열차에 올라탔다. 하지만 열차 안에 있는 지금, 딱히 기관차의 굉음이 없는데도, 주변이 온통 떠나갈 듯 떠들썩한 소리로 울려 퍼지는 걸 보니, 누구 하나 고함을 친다 한들 전혀 들리지 않을 것 같았다. 정말로, 어떤 여성이라도 이곳의 어두침침한 그늘에서라면 살해당할 수도 있을 뿐더러, 설령 그렇게 된다 해도 아무도 눈치채지 못할 듯했다. 특히 지하철 안 모든 점잖은 시민이 열차를 타는 데만 정신이 팔려 있다면 더더욱 그럴듯했다.

아니면 ─ 훨씬 오싹하리만치 그럴듯해 보이는 시나리오로서 ─ 어떤 여성이라도 불량배 한두 명에게 유인당하거나, 강제로 끌려간 후 선로의 한 방향으로 감쪽같이 사라질 수도 있을 듯했다.

공작부인이 다시 계단을 올라오지도 않았고, 열차에 탄 적도 없으며, 다행히도 시체 또한 발견되지 않은 점으로 미루어 음, 그녀가 역을 떠날 수 있었던 유일한 방법은 선로가 아니었을까 싶다.

하지만 그게 과연 가능한 일인가? 만일 선로에 있다가 기차라도 지나가는 날에는 터널 벽에 부딪혀 몸이 으스러질 것이다. 이런 생각을 떠올리고 있자니 실로 몸서리쳐졌다. 이 현대적 대도시의 지하 감옥 같은 곳은 숨 막힐 정도로 자욱하고, 어두침침하며, 습기가 방울방울 스며 나오는 곳이었다. 게다가 터널은 훨씬 어두웠는데 내겐 등불조차 없었다. 하지만, 저 길이 바로 공작부인이 갔던 길이 틀림없다…… 빌어먹을 이 대담한 성격! 언젠가는 이 성격으로 죽음에 처할지도 모르겠다. 어릴 적 나는 다리 위를 걷기보다 다리 난간 꼭대기에서 균형을 잡아 강을 건너던 아이였다.

문득 눈알을 굴리며 생각해보니 내가 했어야만 할 일이 떠올랐다.

왼쪽 또는 오른쪽? 나는 무작위로 방향을 선택한 뒤 선로 위 거의 2미터 높이에 있는 승강장 끝으로 성큼 성큼 걸어갔다. 그런 다음 아무도 없는지 확인하기 위해 주위를 힐끗 둘러보고서 손쉽게 아래로 폴짝 뛰어내린 뒤, 눈을 어둠에 적응해가며 북서 방향, 곧 내 왼쪽으로 벽을 따라 이동하기 시작했다. 문득 쥐들이 찍찍거리며 쏜살같이 달아나는 모습이 보였다. 바퀴벌레며, 쓰레기며, 지붕 및 벽의 갈라진 틈에서 방울방울 스며 나오는 악취와 습기, 이런 것들은 이미 내가 예상한 광경이었다.

다만 누더기를 뒤집어쓴 남자가 쓰레기통을 뒤지는 광경은 미처 예상치 못했다.

주변의 오물과 그자의 더러운 모습이 거의 분간이 안 갈 정도로 주변이 어찌나 어둡던지 나는 거의 그자의 근처에 이르러서야 그의 존재를 알아챘다. 게다가 인사가 됐든 적선이 됐든, 난 그자에게 어떤 말도 건넬 겨를이 없었다. 그자 또한 동시에 날 알아채고는 고함쳐대며 맞섰기 때문이다.

"여기서 뭐 해!" 보통 여성이 세탁 후 빳빳이 풀 먹인 옷을 입고서 이런 선로를 배회하는 일은 없기 때문에 당연한 반응이었다. 적절한 차림은 상류층 못지않게 하층민에게도 중요한 법이다. "여긴 당신 같은 작자들이 있을 곳이 아냐! 여긴 내 구역이란 말야, 알겠어?"

이미 뒤로 물러선 가운데 살펴보니, 그는 '가치 있는 빈민(청빈함을 감수하는 훌륭한 시민들-역주)' 중 최하위층인 '토셔(특히 빅토리아 시대 하수관에서 쓰레기 더미를 뒤지는 하수관 사냥꾼을 의미-역주)'였다. 나는 땅 밑 동물, 썩은 물고기, 온갖 쓰레기, 내장, 폐기물 및 더러운 점액질 냄새가 코를 찌르는 하수관에서 토셔들이 나오는 걸 본 적이 있다. 그들은 나무, 금속, 동전, 또는

61

때때로 (그래 바로 이거야!) 현금과 옷을 얻을 수 있는 시체를 '찾아'다녔으며, 살인을 일삼는 자들 또한 런던의 이 지하 길을 잘 알고 있었다.

"꺼져!"그자가 마치 살인을 염두에라도 둔 듯 버럭 소리를 내질렀다. 그자의 더러운 등 뒤로 블랑슈플뢰르 공작부인을 숨기고 있을 리는 만무했기에 나는 순순히 선로를 빠져나가 베이커 스트리트 역의 승강장으로 되돌아갔다. 거기서 깊은숨을 들이쉰 나는 반대 방향인 남쪽과 동쪽도 살펴봐야겠단 생각이 들었다. '시도해보지 않고는 알 수 없다'라든가 '용기 있는 자가 미인을 얻는다' 같은 속담도 있지 않은가? 하지만 결국 상식은 통했다. 그 토셔의 존재가 입증하듯, 사람들이 터널에서 열차에 치이지 않고도 살아남았단 사실을 알아낸 것이다. 그렇게 공작부인이 어디로 끌려갔을지를 추정해보면서 난 다시금 이 지하도를 탐험하기 전에 허름한 옷과 등불, 긴 막대를 챙겨야 함은 물론 런던 토박이 흉내를 내야 했다. 마치 트롤(스칸디나비아 신화에 나오는 심술쟁이 거인 또는 장난꾸러기 난쟁이 - 역주)처럼 선로에 불쑥 나타나 나를 적대하던 자 때문에 아직까지 가슴이 방망이질 쳤다. 그렇게 역장에게서 가방을 찾아온 뒤 서둘러 위층으로 올라간 내 눈앞에 기쁘게도, 도셋 스퀘어의 (상대적으로) 환한 빛과 신선한 공기가 펼쳐졌다.

바깥으로 나오자 맥주 수송차, 빵 수송차, 식수 수
송차, 조랑말이 끄는 짐수레, 4인승 사륜 포장마차, 그
리고 다인승 사륜마차가 줄지어 지나가는 게 보였다.
늘상 그렇듯 '네슬레 우유' 광고판을 부착한 승합마차
한 대가 덜컥거리며 천천히 굴러가는 것도 보였다. 다
양한 사람이 (과거 도로 포장용으로 쓰던) 자갈로 된 광장
길을 걷고 있는 모습도 보였다. 아울러 신선한 대구
등의 생선 바구니를 머리에 이고 나르는 사람, 전단
지 한 묶음을 팔 아래 낀 채 긴 붓과 도배용 풀 양동이
를 들고 있는 (전단 붙이는) 사람, 진저 케이크(생강, 버
터, 밀가루, 설탕, 크림 따위로 반죽해 구워낸 과자-역주) 파
는 사람도 눈에 들어왔다. 또 산책 중인 부인들, 실크
해트를 쓴 사업가들, 가로등 기둥 꼭대기에 묶은 밧줄
을 타고 노는 아이들도 보였으며(여기엔 다 자란 듯한 소
녀들도 있었다!), 호키포키(그러니까, 길에서 파는 싸구려 아
이스크림) 상인이 대형 아이스크림 통과 접이식 탁자를
차려놓고 외쳐대는 모습도 보였다.

63

"호키포키 한 덩이에 1페니요!
이 아이스크림을 먹으면 신나서 팔짝팔짝
뛰게 될 겁니다요!"

하하. 사실 아까 마주친 토셔 때문에 난 이미 충분히 팔짝팔짝 뛰었다. 하지만 난 아이스크림이 먹고 싶었고, 정말로 어느 정도는 먹을 자격이 있다고 믿었기에 아이스크림 상인 쪽으로 성큼성큼 걸어갔다. 그런데 그때 정면에서 나만 한 키의 나이 든 집시 여인 하나가 불쑥 내 앞을 가로막고 서 있었다.

순간 짜증이 밀려왔다. 도시의 집시 여자들은 사실 거지나 다름없이 감언이설로 꾀어 돈을 빼앗아 살아가는 자들이었다. 그들은 가슴 부분이 깊게 파인 밝은색 블라우스를 입었고 팔이며, 귀며, 목에 거친 갈색 피부와는 대조적으로 어슴푸레 빛나는 순금 구슬, 쇠줄, 팔찌 형태의 묵직한 재산을 주렁주렁 달고 다녔다. 또 그들은 화려한 옷에 구석구석 번쩍거리는 원형 주석과 구리로 된 부적을 박음질해 매달고 다녔는데 그 부적들은 새, 뱀, 화살, 별, 해 모양의 보석, 초승달, 대찬 눈 모양을 아로새긴 '마법의' 부적들이었다. 아무도 금을 훔치려 들지 않았던 건 바로 이런 강한 미신인 '악마의 눈', 곧 집시의 저주 때문이었던 듯싶다.

이 집시 여자도 다른 집시들과 같은 차림이었다. 하지만 그녀는 평상시처럼 칭얼거리며 간청하기보다는 깊이 있고 허스키한 목소리로 내게 말했다. "애야," 그녀가 말했다. "네 가슴엔 단도가, 네 어깨엔 큰까마귀가 타고 있구나."

순간 너무나도 놀라 멈칫했다. 언제나 *그랬듯이*, 내 코르셋 앞부분의 가슴 언저리 버팀대엔 단도가 숨겨져 있었고, 그녀가 이걸 알 방법은 전혀 없었기 때문이다. 나는 할 말을 잃고 서서는, 고지식하고 강직해 보이는 얼굴에 뺨이 움푹 꺼져 있는 그녀를 노려봤다. 어깨 아래로 그녀의 회색빛 머리카락이 황무지를 내달리는 말의 꼬리마냥 거칠게 치렁치렁 늘어뜨려져 있었다.

나중에 곰곰이 생각해보니 집시 여자가 유형의 단도에 무형의 특성을 부여해 내 단도를 불길함과 영특함을 지닌 큰까마귀에 빗대어 말한 건 아닌지 궁금해졌다. 형체가 있는 진짜 큰까마귀가 내 어깨에 앉았을 리는 만무했기 때문이다.

똑같이 나지막하고 조용한 말투로 그녀가 말했다. "얘야, 넌 지금 어둠에 휩싸인 위험에 처해 있단다."

뭐, 틀린 말은 아니었지만 애초에 내 정체를 전혀 알 리 없는 그녀가 성숙한 여성으로 변장한 날 '얘야' 라고 부를 이유는 전혀 없었다.

순간 놀란 마음에 초조한 목소리로 물었다. "아마도 위험한 사람은 당신인 듯싶군요. 원하는 게 뭐죠?"

"얘야, 네 손바닥을 좀 보고 싶구나."

"그리고 복채도 바라겠고요."

"아니. 전혀. 그저 너에 관한 뭔가를 감지했단다."

동시에 정말 이상하게도, 나 또한 그녀에 관한 뭔가를 감지했다. 정확히 말하자면, 그녀가 입은 옷에서 뭔가를 감지했다. 그녀의 옷 구석구석 달린 많은 원형 부적 가운데 하나가 유독 눈에 띄었던 것이다. 그 부적은 구리나 주석이 아닌 원형의 얇은 나무로 만들어졌고, 틀로 찍어낸 게 아닌 노란색 무늬를 직접 그려넣은 부적이었다. 낯선 사람의 눈에 그 노란색 무늬는 해 모양의 브로치로 보일 수도 있었지만, 내겐 틀림없는 국화꽃이었다.

붓을 다룰 줄 알던 나는 세밀히 따져보지 않고도 누군가의 친필을 구분할 수 있었다.

고백하건대, 순간 나는 예의범절이고 뭐고 그 불운한 공작부인에 관한 이런저런 생각까지도 모두 까맣게 잊어버렸다. 한마디 설명도 없이 그 집시 여자에게 달려들어 그녀의 부적을 불쑥 움켜잡았던 것이다. — 집시 여인은 부적을 블라우스 위쪽 목에 걸고 있었고, 그 부적은 그녀의 머리카락과 많은 금사슬에 살짝 가려져 있었다 — 그런데 사전 허락 하나 없이 그녀에게 손을 얹었음에도 그녀는 날 막을 노력 따윈 전혀 하지 않고 그냥 철제 표지판마냥 가만히 서 있었다.

그 원형의 나무 부적은 — 나뭇가지나 묘목의 몸통을 잘라낸 부분처럼 생겼다 — 꼭대기에 뚫린 한 개의 구멍을 통해 그녀의 옷에 꿰매져 있었다. 나는 떨리는 손가락으로 그 부적의 뒤쪽을 살펴보았다.

그리고 거기서 난 옛날 버릇대로 서명 형태로 그려 쓴 대문자 이니셜을 발견했다. 아무리 갈겨써봤자 알아볼 수밖에 없는 세 글자, E.V.H., 유도리아 버넷 홈즈.

바로 엄마였다.

7장

너무 놀라 말문이 막힌 채 겨우 속삭였다. "엄마가 직접 그린 거예요."

내가 무슨 천기누설을 한 것도 아닌데 그녀는 처음 날 놀라게 한 것만큼이나 스스로 깜짝 놀라서는 숨을 헐떡거렸다. *"네 어머니?"*

그녀의 목소리를 듣고 나서야 나는 예의를 갖춘 문명인으로 돌아왔다. 나는 손에 쥐었던 나무 부적을 내려놓고 고양이 눈마냥 호박색으로 빛나는 그녀의 눈을 마주보기 위해 반듯이 섰다. "네, 엄마가 직접 그린 거예요. 틀림없어요." 문득 그림 붓을 손에 쥐는 일 외엔 생계에 무지했던 엄마가 결국 지난 1년간 집시들과 함께 유랑해왔다는 사실을 안 게, 뭐 그리 대수인가 싶었다.

그런데 키 큰 집시 여인은 시끌벅적한 거리가 마치 조용한 대성당이라도 되는 양 경건하게 반응했다. 밝은색 스카프를 당겨 머리 꼭대기까지 덮어쓰고, 두 손을 공손히 포갠 그녀가 내게 고개를 숙인 채 말했다. "꽃의 마리아의 따님이여, 그대에게 축복이 있기를."

그런 숭배는 전혀 익숙지도 않은 데다 매우 당황스럽기도 한 터라 순간 말문이 막혔다. "고마워요," 내가 마침내 입을 열었다. "하지만 우리 엄마의 이름은 마리아가 아니에요."

"그분은 우리에게 성모마리아와 다름없단다." 강한 인상의 그 나이 든 여인이 눈을 들어 마치 예언자라도 되는 듯한 시선으로 날 주시하더니 쉰 목소리로 낮고 부드럽게 말을 이었다. "오래전에 막달라 마리아, 베다니 마리아, 블랙 마리아 그리고 처녀의 몸으로 잉태한 나사렛 마리아가 있었단다. 우리는 그들을 상징하는 마리아 상을 이동식 움막 마차에 가지고 다니지. 하지만 지금은 우리에게 한 여성분이 나타났단다. 그분은 비록 우리말은 못 해도 우리와 함께 다니며 경찰이나 사냥터 관리인들의 분노로부터 우리를 거듭 구원해주고 있어. 또 옛 상징들의 역할을 새롭게 맡아주고, 기쁜 일이나 슬픈 일이 있을 때, 행운이 필요할 때 우리에게 꽃을 그려주고 있지. 그래서 우리는 가고 싶은

69

대로 가고, 실한 생선도 먹고, 그분에게 경의를 표하며, 그분을 꽃의 마리아라고 부른단다."

"그분이 제 엄마예요," 내가 거듭 말했다. "저는 엄마를 정말 찾고 싶어요. 엄마는 지금 어디에 있나요?"

"그분이 어디 있냐고? 하늘로 쏜 화살은 어디에 있지? 보물은 어디에 묻혀 있고? 달 없는 밤 올빼미는 또 어디로 날아가지? 어린 친구, 우린 집시란다. 우리는 만나고, 인사하고, 이동한단다. 바람이 부는 곳이면 어디든 말이지."

내 질문을 놀림감 삼으려는 게 아니라, 뭔가 좀 더 장황한 설명을 늘어놓으려는 눈치로 그녀가 내뱉은 말이었다. 하지만 난 그녀가 뭔가 회피하고 있다는 걸 감지했다. 그녀는 지금 뭔가를 숨기고 있었다.

나는 다시 질문했다. "엄마는 어떤 이동식 움막 마차를 타고 다니죠?"

"얘야, 그분은 수많은 아름다운 흑마와 백마가 함께 끄는 이동식 움막 마차를 타고 다닌단다. 지금 네 손을 좀 봐도 될까? 나는 자주 네 엄마의 손금을 봐드렸단다. 오로지 그분을 존경하기에 그녀의 운명에 대해 말해주곤 했지. 복채 따윈 필요 없어. 이제 네 손금을 좀 봐도 될까?"

친애하는 독자들을 위해 미리 말해두건대 나는 손

금 보는 일을 생일 초를 불고 소원을 비는 일만큼이나 대수롭지 않게 받아들였다. 사실 원래 나는 논리학자 인 아버지와 서프러지스트(Suffragist. 1860년대부터 시 작된 여성 참정권 운동에 참여한 사람들로 국회의 선거법 개 정 요구나 평등법안 입법 요구 등 정치적 활동을 통해 여성들 의 권리를 향상시키고자 노력함 – 역주)인 엄마 슬하라는 계몽된 가정에서 자랐으며, 우리 세 사람은 일종의 자 유 사상가로 하나같이 미신을 경멸하고 점보는 일을 심심풀이 오락거리 정도로만 여겼었다.

하지만 난 집시 여인의 요청을 거절해봤자 딱히 득 볼 것도 없을뿐더러, 오히려 그녀와 더 오래 이야기를 나누다 보면 뭔가를 더 알아낼 수 있을 거라 여겼다.

그렇게 그 번화가에 서서 집시 여인은 말이며, 차량 이며, 행인들은 전혀 거들떠보지도 않은 채 그 건조하 고 억센 손가락으로 장갑을 벗은 내 양손을 놀랍도록 부드럽게 움켜잡았다. 먼저 내 왼손등을 쳐다본 다음 뒤집어서 웃음기 없는 묘한 얼굴로 왼팔을 움켜잡고 는 손바닥을 들여다봤다. "네 엄마의 손금을 빼다 박 았구나." 집시 여인이 입을 열었다. "가운데 손금이 더 길고, 더 깊고, 덜 갈라진 것만 빼면 말이지." 그녀가 내 왼손을 놓으며 말했다. "왼손을 보면 그 사람의 과 거와 가족을 알 수 있지. 하지만 그 사람의 본모습, 그러니까 운명과 행동을 모두 보여주는 건 오른손이야."

"왼손잡이라도요?" 이런 질문을 던진 건 부모님처럼 만사에 의문을 제기하는 내 성향 탓도 있었지만, 순간적으로 왼손잡이 숙녀 세실리가 실제로 떠올랐기 때문이다. 세실리는 오른손을 쓰도록 강요하는 세상에 노예처럼 순응하는 왼손잡이 아가씨였다.

순간 집시 여인의 얼굴이 일그러졌다. "그분의 딸에게서나 나올 법한 질문이구나. 네가 왼손잡이니?"

"아뇨."

"그럼 왜 묻는 거니? 쉿, 조용히 하렴, 애야, 어디 한번 보자……." 도시의 떠들썩한 소리와 광장의 혼란한 교통 가운데 마치 시간이 멈춘 듯한 집중력으로 집시 여인은 내 오른손 손바닥을 들여다봤다. 그녀가 깃털처럼 가벼운 손가락 끝의 감촉으로 내 손바닥의 특징을 더듬어나가기 시작했을 때, 그녀의 손길이 내 몸의 가장 깊은 곳까지 구석구석 와 닿는 느낌이 들었다. 애초에 내가 허락한 일이라 나는 미동 하나 없이 마치 무아지경에라도 빠진 사람마냥 서 있었다.

72 집시 여인이 최면술사 같은 리드미컬한 어조로 입을 열었다. "네 운명선은 토성의 언덕에 있는 별에서 시작해 생명선까지 강하게 이어져 있단다. 왼손에 낀 결혼반지는 거짓 반지야. 넌 어릴 때 혼자였고, 운명을

거스르지 않는 한 평생 혼자일 운명이다."

순간 그 말의 진실성이 마치 벽돌처럼 묵직하게 와 닿았지만, 나는 그저 고개만 끄덕인 채 물었다. "또 뭐가 있죠?"

"심장선도 길고 강하구나. 넌 깊은 애정을 쏟는 천성을 지녔지만 애인은 없어. 그 애정을 인류애에 쓰고 있거든. 또 넌 어떻게든 도우려 하고, 봉사하려 하고, 선을 행하려고 하지."

너무나도 무미건조한 그녀의 말투에 굳이 얼굴을 붉힐 필요는 없었다. 다시 나는 고개만 끄덕일 뿐이었다.

그녀가 계속해서 말을 이었다. "네 손은 가냘프고, 섬세하고, 예술적인 본성을 지니고 있으며, 네 태양선은 엄청난 지성과 직관을 보여주고 있어. 그건 아폴로 언덕에 있는 별에서 시작된단다. 보통 한 손에 별이 하나도 드문 법인데 두 개라니…… 이런 경우는 본 적이 없구나. 네 어머니의 손에서조차 말이지."

순간 머릿속엔 한 가지 생각만 떠올랐다. "엄마는 어디에 있죠?"

"손금으론 알 수 없단다."

"하지만 당신은 알 수 있지 않나요?"

"난 막달라 마리아, 베다니 마리아, 블랙 마리아, 이분들을 대신해서 말할 뿐이야. 네 어머니는 스스로 운

73

명 지워진 곳에 있단다. 에놀라, 넌 그분을 쫓는 일에 주의해야 해. 네 별을 따라가렴. 내가 너에게 할 말은 그것뿐이란다. 나는 이만 가마."

그렇게 난 한동안 그 자리에서, 마치 잠에서 방금 깬 사람마냥 눈을 깜박이며 주위를 둘러볼 때까지 오른손을 뻗은 채 동상처럼 서 있었다. 난 집시 여인에게 내 이름을 말해준 적이 없었다. 대체 그녀는 어떻게 내 이름을 알았을까?

그녀는 또 어디에 있었던 걸까?

나는 도셋 스퀘어를 훑어보았다. 호키포키 상인(물론 이번엔 아이스크림이 먹고 싶은 생각은 하나도 들지 않았다)이며, 가로등에서 그네를 타는 소녀들이며, 그 나머지 광경들을 한 번 더 시야에 담아봤지만, 키 큰 집시 여인은 어디에도 보이지 않았다. 대체 그녀는 어디로 간 걸까? 그녀는 마치 초자연적으로 사라진 듯했다.

말도 안 돼, 나는 혼잣말로 중얼거렸다. 그녀는 공중화장실에 숨었을지도 모른다. 도셋 스퀘어엔 철제 기둥, 그리스풍 조각상, 시계탑을 특징으로 하는 런던의 기념비적인 위생 조형물 중 하나가 서 있었기 때문이다. 아니면 지하로 내려가버렸을지도 모른다. 또는 마차를 잡아탔을지도 모른다. 지하철역 바로 앞엔 마차 승차장이 있었기 때문이다. 하지만 이 가능성은 적어 보였다. 화창한 여름 날씨 탓에 지붕이 확 트인 말한 필짜리 2인승 이륜마차는 넘쳐났지만, 숨기에 좋은 '사륜마차'는 별로 없었기 때문이다.

하지만 나야말로 정말 숨고 싶었다. 터널 안에서 모험을 벌이느라 옷과 몸이 심하게 얼룩지고 더러워진데다, 감정과 마음이 형편없이 흐트러져 있는 걸 불현듯 깨달았기 때문이다. 나는 어둑어둑한 지하철역으로 다시 서둘러 내려가 첫 열차를 타고 노선을 따라한참을 돌아서 전문 여성 클럽으로 갔다. 거기서 난마음을 가라앉히고 생각할 필요가 있었다.

8장

이 안식처의 3층에 위치한 내 방에는 다소 검소하고 엄격한 스타일의 세간이 들어차 있었다. 그러니까 이 곳은 테이블 장식 여부나 침대보 여부 따위가 아닌, 의복 개혁이나 여타의 자유에 관심이 있는 지적인 여성들을 위한 낙원이었다. 하지만 앞서 언급했듯이 음식만큼은 훌륭했다. 나는 샌드위치 한 접시를 내 방으로 가져다 달라고 주문한 후 일단 목욕을 했다. 그러고는 실내복 차림으로 앉아서 참치 페이스트(참치를 으깨어 반죽같이 만든 것-역주)와 오이, 물냉이를 게걸스럽게 먹어 치운 뒤 몸과 마음의 안식을 취했다. 문득 생각해보니 엄마를 아는 사람을 만난 게 오늘이 처음은 아니었다. 클럽을 처음 방문한 날, 엄마가 속해 있던 서프러지스트 회원들이 엄마에 대해 말하는 걸 우연히 들은 적이 있다. 집시 여인과의 우연한 만남이 왜 그렇게 당황스러웠는지 문득 스스로 잘 납득이 가질 않았다. 그래서 이런 경우 늘 그렇듯 나는 종이와 연필을 꺼내 들었다.

나는 삽시간에 그림을 스케치했다. 그리다 보니 어느새 집시 여인의 얼굴을 그리고 있었다. 고양이 같은 그녀의 강렬한 시선에 문득 오금이 저려왔다. 내가 그린 건 큰까마귀 한 마리가 날고 있는 장면이었다. 분명 내 어깨에 올라탄 모습은 아니었다. 옛날엔 말하는 큰까마귀들이 예언자들을 동반한 것은 물론, 시체를 먹기 위해 전쟁터에 몰려들기도 했다. 나는 지하철 터널에서 만난 그 성질 고약한 토셔도 그려봤다. 날 겁준 데 대한 보복으로, 딸기처럼 시뻘게진 코와 뭉개진 귀를 과장해서 우스꽝스럽게 묘사했다. 집시 여자도 다시 한번 그려보려고 노력했다. 그런데 어느새 그녀는 엄마의 모습으로 변해 있었다. 평소 엄마의 모습을 분명하게 떠올릴 수 없던 나로선 무척이나 당황스러운 일이었다. 그렇게 무심코 그린 엄마의 이미지를 보고 있자니 마음이 아파왔다. 나는 그 스케치를 뒤집어놓은 뒤, 또 한 명을 그려봤다. 이번엔 금발에 호리호리한 몸매, 정교하기 이를 데 없는 섬세한 눈을 지닌 연약하고 사랑스러운 아가씨였다. 내 감정을 달래

주는 듯한 그녀를 다른 각도로도 다시 한번 그려봤다. 그녀는 바로 블랑슈플뢰르 델 캄포 공작부인이었다.

오, 맙소사, 공작부인에게 일어난 일을 알아내야 할 지금, 앉아서 어육 페이스트 샌드위치나 먹어대며 (다음으로) 말 그림이나 그릴 기세라니!

나는 스케치들을 한쪽에 치우고 모든 잡념을 떨쳐버린 채 다시금 해야 할 일에 집중하며 종이 위에서 블랑슈플뢰르 공작부인의 발자취를 추적해나가기 시작했다.

블랑슈플뢰르 공작부인은 자신의 자유의지로 사라졌거나, 아니면 사고나 범죄에 연루되었다.

만약 공작부인이 자유의지로 사라진 거라면, 어떻게 자신을 찾고 있는 시녀들을 따돌린 걸까?

선로로 내려갔을까? 그럴 가능성은 거의 없지만 그 점도 반드시 조사해봐야 한다.

공작부인의 배경에 대해서도 좀 더 알아내야 한다. 그녀는 불행했을까? 그녀가 자기 어머니에게 보낸 편지는 그다지 명랑해 보이지 않았다.

만약 사고나 범죄에 연루된 거라면?

먼저, 사고라면, 가령, 하수구 쇠창살 구멍에 다리가 빠져 부러지는 바람에 못 올라왔는데

설상가상으로 아무도 공작부인의 비명소리를
못 들은 거라면? 그렇담 정말 말도 못 하게
드라마틱한 이야기다.

다음으로 범죄라면, 공작부인은 강제로 끌려간
거다. 하지만 지금껏 몸값에 대해 어떤 요구도 받은
게 없다.

그 외에 다른 목적이라면? 혹시 복수? 만일
복수라면 대체 공작부인은 누구의 원한을 산 걸까?

다시, 공작부인의 배경을 조사해보자.

혹 지하철 얘기는 그냥 시녀들이 꾸며낸
이야기일지도 모른다.

하지만 내가 느낀 두 시녀의 감정은 틀림없이 진실
해 보였다. 그렇게 내가 적은 마지막 메모는 전혀 터
무니없는 소리였고, 다른 메모도 딱히 통찰력 있게 느
껴지진 않았다.

그런 경우 보통은 한두 시간 정도 머리를 식힌 뒤
마음이 흘러가는 대로 내버려 둬야 한다. 하지만 어떻
게 머리를 식힐 수 있을까?

그렇지, 터퍼 부인을 방문하자! 부인을 못 본 지도
벌써 며칠이 지난 터라 내 귀머거리 전 집주인도 필시
날 반가워할 테고, 다소 위험천만한 이 일이 내겐 꽤

나 기분전환이 되는 일이었기 때문이다. 나는 즉시 자리에서 일어나 떠날 채비를 했다.

터퍼 부인은, 설명하자면, 이제 무진장 붐비는 플로렌스 나이팅게일 집에 거주하는 손님이었다. 그런데 안타깝게도, 셜록 오빠는 이 사실을 알아냈고, 틀림없이 내가 부인을 방문한다는 사실을 추리해냈을 것이며, 계속해서 내 행적을 주시하고 있을 터이다. 아마 자주 들락거리며 본 그 거리의 부랑아 패거리들도 '베이커 스트리트 특공대'일지 모른다. 하지만 오빠는 나를 그 패거리들에게 '트위드나 어둡고 칙칙한 의상을 입고, 진흙 톤의 갈색 머리카락을 뒤로 동그랗게 말아올리고, 두드러진 코를 안경으로 가린 학구적 여성이나 독신녀'로 묘사했을 것이다.

상황이 이러한지라 난 부인을 방문할 때마다 안전을 위해 우아하면서도 사랑스러운 숙녀로 분장하고 갔다.

숙녀 분장을 위한 필수 사항인, 얼굴에 피부 연화제와 착색제를 바르는 혹독한 과정은 친애하는 독자를 위해 생략하겠다. 다만 평소처럼 관자놀이에 작은 점을 찍어 시선이 얼굴의 중심부인 코 — 사치스럽고 꽤나 비싼 밤색의 풍성한 가발로 한결 더 축소돼 보이는 돌출 부위 — 로 쏠리는 걸 피했다는 애긴 예외적으로 전한다.

하지만 그날 오후 입은 방문용 복장인 진청색의 근사한 도티드 스위스(작은 점이 동일한 간격으로 배열된 얇은 면직물-역주) 의상만큼은 꼭 언급하고 넘어가야겠다. 그러니까 그날 난 가장자리를 흰색으로 다듬은 푸른색 상체에 하얀색의 넓은 새틴 벨트가 달린 암청색 스커트를 입었고, 데이지꽃과 리본을 얹은 앙증맞은 푸른 모자를 썼고, 주름 잡힌 청백색 양산을 들었으며, 엷은 황갈색 장갑과 각반(걸음을 걸을 때 발목 부분을 가뜬하게 하기 위해 발목에서부터 무릎 아래까지 감거나 싸는 띠-역주)을 착용했다. 이런 차림은 감히 평하건대 꿈에서나 나올 법한 근사한 차림이었다.

정말로 나는 대중들의 감탄해 마지않는 눈길을 알아채지 못한 척 은근슬쩍 즐기기 위해 메이페어로 가는 2인승 이륜마차에 올랐다. 하지만 안타깝게도 이 변장한 절세미인은 곧 불어닥칠 불운에 대해 전혀 예감하지 못하고 있었다.

플로렌스 나이팅게일의 근사한 벽돌집 앞에 내린 나는 마부에게 돈을 지불하기 위해 몸을 돌렸다.

그런데 그 순간 근처에서 날 에워싸며 정말 놀랍게도 기쁨에 들떠 외치는 사람 같은 목소리가 들려왔다. 다음 순간, 털북숭이 발이 내게 달려들면서 날 거의 넘어뜨릴 뻔했다! 대체 날 덮친 게 뭐지? 그 정체를 파악하기 위해 고개를 돌린 순간, 마치 시간이 무슨 기묘한 요술이라도 부린 양, 다시 어린아이로 돌아간 느낌이었다. 나는 즉시 내 사랑하는 강아지를 껴안았다. "레지날드!" 순간 레지날드 콜리 외엔 내 옷이든, 겉모습이든, 구경꾼들이든 아무것도 눈에 들어오지 않았다. 나는 바로 인도에 주저앉아 레지날드를 두 팔로 껴안고는 레지날드가 꼬리를 흔들며 내 얼굴을 핥고 기쁨으로 송곳니를 드러내며 짖어댈 때마다 웃다 울다를 반복했다.

더할 나위 없는 행복감이 밀려왔다. 잠시 황홀한 순간이 이어졌다. 그때 길고 가느다라면서도 강한 두 손이 내려오더니 레지날드의 개목걸이 끈을 붙들었다. 문득 올려다본 내 눈에 무표정한 셜록 오빠의 모습이 들어왔다.

하지만 난 행복의 끈을 놓지 않았다. 여전히 웃고 있는 상태로 오빠에게 손을 내밀어 내가 일어서는 것을 돕도록 했다. "셜록 홈즈 씨!" 나는 평소보다 한 옥타브 높은 감미로운 톤으로 재잘거렸다. "오, 제가 그 유명한 셜록 홈즈 씨를 만났다고 이모님께 말씀드릴 때까지 잠시만 기다려주세요!"

순간 놀라움으로 감정이 자제력을 압도한 듯 입이 떡 벌어져 있던 오빠가 잠시 후 정신을 차리고 내게 물었다. "왓슨 저택에 있던 사람이 바로 *너*였니?"

"네. 왓슨 씨의 적이 보내온 기묘한 꽃다발을 자세히 살펴보면서 거기에 있었죠." 나는 여전히 한 손으론 레지날드를 쓰다듬고, 다른 한 손으론 내 옷에 묻은 개털을 털어내며 셜록 오빠를 도발했다. "자, 어서 말해봐요, 여기 털북숭이 옛 친구가 없었다면 오빠 날 결코 알아보지 못했을 거예요."

"그래, 네 말이 전적으로 맞는다는 걸 인정하마. 내가 완전히 당황한 것도 맞고 말야. 그런데 장갑 속에 끼고 있는 듯한 그 결혼반지는 단지 네 변장의 일부였으면 싶구나."

"당연하죠."

"그렇담 넌 지금 미혼 상태인 거고, 앞으로도 독신이 되길 갈망하고 있는 거니?"

"저기요, 오빠!" 내가 거칠게 맞받아쳤다.

"용서해라. 내가 그리 물어선 안 되지, 하지만 — 도무지 뭐가 뭔지 하나도 모르겠구나 — 음…… 여성에 환장하지 않는 내가 보기에도 지금 네 모습은 꽤나 사랑스럽단다."

순간 얼굴이 화끈거려 꿀 먹은 벙어리 신세가 된 나는 뿌듯한 마음에 웃음이 터져 나오려는 걸 억지로 참았다.

셜록이 계속해서 말을 이었다. "이제 학교를 졸업하는 건 불필요한 듯싶구나."

순간 내 표정이 변하면서 얼어붙었다. 오빠가 서둘러 덧붙이기를, "사랑하는 동생아, 약속하건대, 난 더 이상 너를 그런 기숙학교에 처넣을 생각이 없단다. 나이팅게일 씨가 젊은 여자 *기숙학교*의 단점에 대해 날 깨우쳐 주었단다."라고 말했기 때문이다.

"참 고마운 말이네요. 하지만 나이팅게일 씨가 마이크로프트 오빠도 깨우쳐주었나요?" 사실상 고집불통 큰오빠가 나에 대한 법적 후견인이기에 내뱉은 질문이었다.

순간 셜록 오빠의 눈빛이 흔들렸고, 내 의심이 사실임을 확인해주었다. 아, 나는 아직 위험에서 벗어나지 못했다. 고로 도망쳐야 한다. 될 수 있는 한 빨리.

그런 생각을 하고 있자니 마음이 아파왔다. 셜록 오빠와 마주치는 이 짜릿한 순간이 꽤나 행복했기 때문이다.

상당히 퉁명스러운 말투로 오빠가 입을 열었다. "이번에 이렇게 짜증 날 정도로 간단히 널 찾아낸 건 — 작년에 이 방법을 생각해냈어야 하는 건데 — 사실 마이크로프트 형과는 전혀 상관이 없단다."

"무슨 일이 있었나요?"

"꽤나 이상한 일이 있었지. 어머니로부터 정말 특이
한 소포 하나가 배달되어 왔거든."

9장

엄마라고!

"그럼 엄마가 *살아 있단* 건가요?" 스스로도 인식하지 못한 두려움이 고스란히 드러나는 가운데 내가 무심코 소리쳤다. 지난 몇 달 동안 소식을 듣지 못한 터라 더는 엄마가 우리와 함께하지 못할지도 모른다는 두려움이 싹텄던 것이다. 그렇다고 엄밀히 말해 엄마가 우리와 늘 함께해왔었단 말은 아니다. 아, 그 집시 여인이 하늘을 향해 쏜 화살에 관해 뭐라고 말했었지? 또 달 없는 밤 날아가는 올빼미에 관해선? 집시 여인은 엄마가 흑마와 백마 여러 필이 끄는 이동식 움막 마차를 타고 다녔다고 했다. 그건 아마도 엄마가 숨을 거두고 이승을 하직해 저세상으로 넘어갔다는 시적 표현이었으리라. 나는 점잖은 척 넌지시 둘러 말하는

완곡 표현을 꽤나 싫어했지만, 엄마에 대해선 어느새
나 자신도 직접적으로 언급하기를 꺼리고 있었다.

그때 오빠가 대단한 논리학자라도 되는 양 입을 열
었다. "어머니에게서 몇 달간 소식이 없어 혹 돌아가
셨을지도 모른다고 생각했을 거다. 나도 *몇 년간* 소식
을 듣지 못했지만, 어머니가 살아 있다는 걸 분명히
확신한단다."

"그랬겠죠. 오빠는 엄마가 마이크로프트 오빠에게서
돈을 얻어쓰고 있다는 사실을 알고 있었으니까요." 불
과 몇 시간 전 집시 여인과의 기묘한 만남에서 느낀
전율을 감추며 약간은 야멸차게 톡 쏘아붙였다. 하지
만 그 일에 관해 나는 셜록 오빠에게 일언반구도 하지
않았다. 그건 오빠가 연역적 추리로 조사할 만한 그런
문제가 아니었기 때문이다.

대신 나는 따지며 물었다. "특이한 소포요? 얼마나
요? 어떻게 특이하다는 거죠?

"직접 보여줄 테니 네가 한번 맞혀보렴." 오빠는 내
가 따라올 걸 기대한다는 자세를 취하며 몸을 돌렸다.

"적어도 뭐라고 *써 있는지* 정도는 말해주는 게 어때
요?" 내가 소리쳤다.

"그럴 수 없단다. 열어보질 않았으니까. 네게 온 소
포였거든."

순간 하마터면 비명을 지를 뻔했다. 조급한 마음에 버럭 성질이 났던 것이다. "이거 혹시 날 함정에 빠뜨리려는 오빠의 얄팍한 계획 중 하난 아닌가요?"

"에놀라!" 어깨 뒤로 고개를 돌려 날 바라보는 오빠의 얼굴에서 속내를 재빨리 숨기려는 모습이 살짝 엿보였다. "내가 어떻게 그럴 수 있겠니." 오빠가 무뚝뚝하게 대꾸했다. "일단 어디 가서 좀 앉자." 오빠는 플로렌스 나이팅게일 저택을 향해 인사의 표시로 고개를 약간 숙였다. 그 저택은 마치 개혁운동가들, 정부 관료들, 잡다한 방문객들이 드나드는 공공건물이라도 되는 양, 말 그대로 현관문이 열려 있었다. 하지만 엄밀히 따지자면 그곳은 유명한 간호개혁가가 그 최고층에서 엄격한 은둔자의 모습을 띠고 있는 사택이었다. "틀림없이 넌 어느 정돈 날 믿고 있을 거야."

사실은, 실망스럽게도, 난 그보다 훨씬 더 오빠를 믿고 있었다.

그렇게 우리는 사전 예고도 없이 전혀 눈에 띄지 않는 가운데 사우스 스트리트의 그 거대한 벽돌 저택에 발을 들였다. 확신하건대, 실크해트를 쓴 키 큰 남자가 꾀죄죄한 개를 끌고 작은 가방을 든 채 런던의 상류층 거주지에 들어서는 건 말도 안 되는 일이었다. 특히 삐뚜름히 눌러쓴 모자에 온통 강아지 발자국으로 뒤

범벅된 앙증맞은 드레스를 입은 호리호리한 젊은 여자와 동행하는 건 더더욱 말도 안 되는 일이었다. 1층은 사람들로 붐볐기에 — 많은 빨간색 구세군 재킷이 눈에 띄는 걸 보니 아마도 회의가 열리고 있는 듯했다 — (레지날드 콜리까지 포함해) 우리 셋은 위층의 음악실로 향했다. 통상 음악실은 터퍼 부인이 혹 누군가 피아노를 치지 않을까 기대하며 하루를 보내던 곳이다. 악기 바로 옆에 앉으면 귀머거리도 음악을 들을 수 있어 그녀에겐 큰 기쁨이었던 것이다.

"메쉴리 아가씨!" 내가 들어가자마자 터퍼 부인이 소리쳤다. 부인에겐 여전히 내 모습이 예전 하숙객이자 최근 자신을 구해준 '메쉴리 양'으로 보이는 모양이었다. 아무리 현재의 내 모습이 그 가공의 메쉴리와 딴판일지라도 말이다. 내 변장은 결코 부인을 속이지 못했다. 부인은 내 변장한 모습을 모두 다 봤기 때문이다. 그렇게 흔들의자에서 완전히 몸을 일으킨 부인은 내 허리를 꽉 껴안았고, 나는 간신히 내 어깨에 닿은 부인의 하얀색 챙 없는 모자 위에 빰을 얹었다.

그사이 셜록은 다른 의자 두 개를 가지고 왔고, 우리는 모두 자리에 앉았다. 터퍼 부인에게 정중한 대화따위 필요 없었다. 정말로, 부인은 레지날드 콜리에게만 모든 관심을 쏟으며 떨리는 두 손으로 레지날드의 머리를 쓰다듬었다. "사랑스럽고 고풍스러운 농장견 콜리 종이구나, 그럼, 콜리 종이라면 이래야지, 이것 봐라, 굉장히 가는 다리를 지닌 하이드 파크의 뾰족코 녀석들하고는 다르구나."

그러는 동안 셜록은 자신의 가방을 무릎에 걸쳐놓은 뒤 그 안에서 갈색 종이로 만든 크고 납작한 꾸러미 하나를 꺼내 내게 건네주었다. "누군가 한밤중에 펀델의 부엌문에 이걸 두고 갔단다."

별, 눈, 올빼미, 화살, 뱀, 달, 해 문양에 원시적인 숯 처리가 된 봉투를 들여다보며 내가 힘주어 말했다. "집시가 거기에 놓아둔 게 확실해요." 그건 최근 만난 그 집시의 부적에서 본 문양이었다. 또 집시들의 화려한 마차에서도 여러 번 본 적이 있다.

"집시라고! 왜 그렇게 생각하니?"

"음, 엄마는 집을 나간 후로 계속 집시들과 함께 유랑을 했거든요……." 오빠의 얼굴 표정을 보자 문득 기억이 되살아났다. "맙소사, 오빠가 몰랐다는 걸 깜빡했네요."

"대체 넌 어떻게 아는 건데?"

"짐작한 거죠. 그 후 신문을 통해 엄마에게 물어봤는데 엄마도 긍정적으로 답했고요."

"'진정한 사랑의 네 번째 글자'에 대한 그 빌어먹을

허튼소리 타령인 거니?"

"물망초Forget-me-not요." 내가 말을 이었다. "그 꽃의
네 번째 철자는 G예요. 또 순수를 뜻하는 백합ily의
네 번째 철자는 Y, 생각을 뜻하는 팬시pansy의 첫 번
째 철자는 P, 이런 식이 되는 거죠."

오빠는 아까와 다름없이 당황스럽다는 듯 고개를
저었다. "악취 나고 도둑질이나 하는 집시들과 나돌아
다니면서 대체 어머닌 뭘 원하는 걸까?"

"자유요."

"하지만 그런 감언이설로 꾀어내기나 하는 거지들
은……."

"화려한 이동식 움막 마차와 아름다운 말들이 있는
삶, 별 아래 펼쳐진 밤들이 있는 삶, 아무것도 제한하
지 않는 삶, 최고로 우아한 바이올린 음악을 연주하는
최고로 오래된 유목민들과 함께하는 삶, 그리고 저녁
식사를 위해 옷 따윌 갖춰 입을 필요 없는 삶이죠."

내 말이 그다지 미덥지 않다는 듯 오빠가 고개를 내
저으며 구시렁댔다. "연기 자욱한 거무튀튀한 불 위
에 양철 냄비를 올려놓고 토끼 스튜나 끓여 먹었겠
지……."

내는 오빠를 거들떠보지도 않은 채 갈색 종이, 그러
니까 중앙에 잘 눈에 띄지 않는 국화와 담쟁이덩굴이

91

그려진 그 갈색 종이를 살펴봤다. — 분명 친숙한 그 수공예품을 보자 가슴이 옥죄어오긴 했다 — 하지만 의아한 건 그 공예품을 온통 둘러싸고 있는 어둡고 불길한 암회색의 목탄 상징들, 특히 구석에 있는 이른바 네 개의 '사악한 눈들'이었다. 내 보기에 이 눈들은 겁을 주기보단 되레 겁을 집어먹은 듯했다.

"집시들은 미신을 믿는 사람들이죠." 난 평소처럼 오빠에게 내뱉었다. 마치 몇 시간 전 노란 눈의 집시를 통해 손금이라는 미신적 관행을 전혀 겪어보지 않은 사람처럼 말이다. 사실 난 아직도 그 집시를 어찌 여겨야 할지 전혀 감이 오지 않았다. "이 표시들은 집시들이 자신들의 구리 부적에 넣는 그런 행운의 부적들이죠. 그런데 왜 소포에다 이 표시들을 온통 휘갈겨 쓴 걸까요?"

"일단 네가 열어보면," 오빠가 퉁명스럽게 말했다, "어떤 이유든 밝혀지겠지."

"그게 뭐예요?" 소포를 처음 본 터퍼 부인이 놀란 듯 소리쳤다.

"같이 보죠." 보통 나는 손을 써서 봉투를 열지만, 이 봉투는 왠지 찢어선 안 될 것 같았다. "아무래도 칼을 써야 할 듯해요."

10장

셜록 오빠가 주머니에서 작은 주머니칼을 찾으려고
더듬거렸지만, 나는 내 가슴, 그러니까 내 코르셋 앞쪽
칼집에서 단도를 뽑아 들었다.

"그렇지, 어리석게도 네게도 칼이 있단 걸 깜빡 잊었
네." 셜록이 점잔빼는 어투로 내뱉었다.

난 오빠 말 따위엔 콧방귀도 뀌지 않은 채 그 얇은
소포의 끝부분을 길게 갈랐다.

모서리를 누르자 구멍이 마치 입을 벌리듯 쫙 벌어
지면서 안이 훤히 들여다보였다. 봉투 안엔 잘게 조각
나 뒤죽박죽이 된 듯한 종이 외엔 아무것도 보이지 않
았다. 나는 이 종이를 툭툭 흔들어본 뒤 무릎에 내려
놓았다.

"저게 대체 뭘까요?" 터퍼 부인이 수선을 떨며 물었다.

"그 엑스 캘리버(5세기 후반부터 6세기 초반까지 영국을 다스렸다는 영웅 아서왕의 전설에 등장하는 성검-역주)는 좀 다시 넣어주겠니, 에놀라?" 셜록이 부드럽게 청했다.

오빠 말대로 난 단도를 집어넣었다. 하지만 무릎에 있는 하얀 종이 뭉치를 살펴보느라 단도에 빗댄 오빠의 익살스러운 표현을 알아차릴 경황은 없었다. 너비가 2.5센티미터쯤 되는 가느다란 종이 한두 조각의 한쪽 면에 엄마의 날리는 필체로 쓴 푸른 잉크 흔적이 부분적으로 나 있었다. 나는 이것의 정체를 대번에 알아봤다.

하지만 오빠가 먼저 선수를 쳤다. "스키테일(skytale: 그리스에서 발명한 인류 최초의 암호 통신 방법-역주)이군."

이 단어를 써보면서 난 놀랍게도 skytale(스키테일)이 바로 내가 알던 단어의 올바른 철자이고, 그 어원은 필시 그리스어란 걸 깨달았다. 그러니까 어릴 적부터 난 이 단어의 철자가 'skitalley(스키탤리)'라고 생각해왔다. 그냥 늘 그렇게 불렸으니까. 그렇게 난 글을 배우는 동시에 엄마와 'skitalley(스키탤리)' 놀이를 했었다. 이 놀이는 꽤나 재미있었다. 우선 종이를 가져와 균등한 크기의 기다란 조각으로 자른 뒤 각 조각의 끝을 이어 붙인다. 그런 다음 잘라둔 종잇조각을 원통에 겹치지 않도록 죽 감아놓고 위에서 아래로 메시지를 쓴 뒤 종이를 푼다. 긴 종이에 조각조각 쓰인 메시지는 긴 빗자루든, 밀 방망이든, 황동 침대 기둥이든, 램프 스탠드든, 일단 그 메시지를 읽을 수신자인 엄마가 본래 사용한 원통과 딱 맞는 지름의 원통을 찾아내야만 읽을 수 있다. 펀델에는 이런 원통 모양들이 다양하게 있으면서도 개수에 제한이 있었다.

하지만 런던은 어떤가? 제한 따윈 거의 없었다.

고로 난 그 종잇조각을 감을 만한 적당한 크기의 원통을 발견할 때까진 엄마의 편지를 읽을 수 없다. 순간 밀려오는 좌절감에 눈물이 왈칵 쏟아져 입술을 질끈 깨물어야 했다. 이 소포는 엄마가 떠난 그날부터 내가 간절히 바라오던 물건이었다. 편지, 그러니까 엄마가 날 떠난 이유에 대한 몇 마디의 설명, 어쩌면 애정의 말, 어쩌면 감히 생각해보건대, 사랑의 말……

"즉시 레인 씨에게 연락해야겠다." 셜록이 결단력 있는 활동가의 어조로 선언했다. "이 소포가 은밀하게 배달된 날 밤 근처에 집시들이 있었는지 알아보려면 말야. 또 만약 그랬다면, 집시들을 추적하기 위해 서둘러야겠다."

"아, 그건 터무니없는 소리예요." 순간 거센 톤으로 내가 소리쳤다. 그동안 깨닫지 못한 — 그렇지만 분명히 존재했던 — 내 안의 시기로 이런 반응이 튀어나온

것 같아 내심 화들짝 놀랐다. 이 봉투는 내게 온 소포
였고, 고로 엄마를 찾을 사람은 나여야만 했다. "엄마
는 항상 자신을 꽤나 잘 보살펴왔어요. 그러니 오빠는
델 캄포 공작부인을 찾는 데나 노력을 쏟지 그래요?"
내가 다소 무례한 말투로 툭 내뱉었다.

그 이름이 거론되자 오빠는 자리에서 일어서려다
말고 다시 의자에 앉아 한동안 날 빤히 쳐다봤다. "그
러니까," 마침내 오빠가 입을 열었다. "설마 오늘 아
침 내가 고양이의 특이한 행동에 정신이 팔려 있을 때,
계단을 내려와 날 지나쳐간 여자가 바로 너라고 말하
는 건 아니겠지."

"제 입으로 그렇다고 말하긴 좀 그렇네요." 내가 상냥
하게 받아쳤다. "이것만 말해두죠. 자유의지로 떠났다
는 그 터무니없는 가능성을 뺀다면, 지금 진정으로 구
조가 필요한 사람은 바로 블랑슈플뢰르 공작부인이에
요." 순간 나는 그 실종된 공작부인의 배경에 대해 좀
더 알 수 있는 절호의 찬스를 포착했다. "공작부인의
어머니와 아버지껜 연락해봤나요? 아니면 그녀와 남편
사이에 어떤 갈등 같은 건 없었는지 혹 물어봤나요?"

"물론! 어느 모로 보나 공작부인의 부모인 치플리
온 와이 백작과 그의 아내는 고상하고 가식이 없더구
나. 딸이 지체 높은 공작과 결혼하는 덴 찬성했지만,

그렇다고 그 결혼을 주선하거나 강요하지도 않았지. 게다가 공작은 구식의 혼전 연애로 신부를 얻은 데다 유난히도 애처가로 알려졌기에 아내인 젊은 블랑슈플뢰르가 행복하지 못할 이유는 전혀 없더구나."

때마침 책상 위 편지에서 드러난 블랑슈플뢰르의 우울하고 불안한 모습을 떠올리고 있던 터라 순간 오빠의 이 무심한 톤에 오히려 등골이 오싹해졌다. 하지만 그 편지엔 그녀가 잠적할 거란 낌새는 전혀 드러나지 않았다. 또 설령 잠적한다고 해도 그렇게 이상하고 불편한 방법으로 사라지는 길을 택했을 리 만무했다.

나는 밀려오는 짜증을 억누르며 냉정하게 말했다. "전 공작부인이 베이커 스트리트 지하철역에서 자발적으로 사라진 게 아니라고 봐요. 게다가 한 경로에서만 일어났을 테니 공작부인은 지하철의 두 선로 중 한쪽 선로로 끌려 내려갔을 거예요."

"공작부인의 시녀들이 진실을 말하고 있다면야 그렇겠지."

"저는 시녀들이 진실하다고 확신해요. 눈이 벌게지고 퉁퉁 붓도록 두 시녀가 우는 걸 보지 못했나 보군요."

"넌 두 시녀를 다 봤구나."

나는 대답하지 않았다.

"그러니까 내가 선로를 수색하러 가야 한다는 뜻이

군. 런던 경찰 지구대가 이미 그렇게 했단다."

"그런데 경찰은 토서나 부랑자 같은 자들이 템스강으로 내려가는 통로들을 찾지 못했던가요? 가령, 강바닥 쪽의 오래된 통로 같은 것들 말이에요."

"분명히 경찰이 그런 쥐구멍 같은 것들을 많이 보긴 했지. 하지만 각 구멍을 조사하는 건 불가능한 일이야. 만일 공작부인이 그런 경로로 납치당했다면 몸값 요구를 기다리는 일밖엔 달리 할 수 있는 게 없단다."

"말도 안 돼요. 그래도 공작부인을 지하철로 유인한 노파는 찾을 수 있을 거예요." 턱에 짧고 뻣뻣한 털이 나 있고 요란한 구식 보닛을 쓴, 이빨 없는 그 두꺼비 같은 노파 말이다. 그 노파에게선 왜 낯익은 구석이 느껴졌던 걸까…… 마치 환등기의 꺼질 듯 깜박이는 이미지가 떠오를 무렵, 나는 계속해서 말을 이었다. "공작부인이 몸값을 노린 자에 의해 납치당한 게 아니라고 봐요. 그랬다면 지금쯤 분명히 몸값 요구가 있었을 거예요. 악당들이 공작부인을 붙잡을 만한 다른 이유들이 있는 거예요. 아마도 그 노파는 여자 뚜쟁이였는지도 몰라요……."

"에놀라!" 내 입에서 그런 말이 튀어나오자 오빠의 얼굴이 실로 창백해지며 아연실색한 모습을 띠었다.

게다가 나는 그 뚜쟁이가 뭘 입수했는지, 또는 그

목적이 뭐였는지 그저 어렴풋한 논리만 가진 채 미약하기 짝이 없는 논쟁을 펼쳐나갔다. "아니면 옷 때문에 납치당했는지도 모르죠."

이스트엔드에서 도난당한 옷 거래가 성행했다는 것과 상류층 아이들이 이웃 아이들과 놀려고 길을 건너다 실제로 납치당했고, 그 후 전혀 다른 지역에서 아이들이 대부분 벌거벗은 채로 엉엉 울며 나타나는 충격적인 일이 몇 번 있었다는 사실을 오빠에게 설명해야겠다 싶었다. 이런 연고로 상류층 아이들이 경호하는 하인 없이 거리에 나서는 일은 거의 허용되지 않았다.

"옷 때문이라고? 공작부인은 어린애가 아니야!" 오빠와는 정반대로 난 공작부인이 여러모로 꽤나 어린 아이 같다고 생각했다. 하지만 셜록은 한껏 웃어대며 말했다. "터무니없는 생각! 설령 그렇다 한들, 그날 안으론 집에 돌아왔어야지!"

나는 대답하지 않았다. 사실 오빠의 말 따위 거의 들리지도 않았다. 순간 뻣뻣한 턱수염에 흉측한 보닛을 쓴 그 노파를 어디서 봤는지 불쑥 기억이 떠올랐기 때문이다. 정말로, 그 끔찍한 날들에 대한 기억이 꽤나 소상히 머릿속에 떠올랐다. 나는 말 한마디 없이 무릎 위의 서류를 모은 뒤 자리에서 벌떡 일어나 터퍼 부인을 껴안고, 레지날드 콜리의 머리를 마지막으로 한 번

99

더 쓰다듬은 뒤 장갑과 양산을 버려둔 채 계단을 향해 달려갔다.

"에놀라!" 뒤에서 상당히 흥분한 어조로 소리치는 셜록 오빠의 목소리가 들려왔다.

나는 가슴속에 스키탤리 아니, 스키테일을 쑤셔 넣고 아래층으로 쏜살같이 내려가며 어깨 너머로 오빠에게 소리쳤다. "연락할게요!" 그렇게 집을 벗어난 나는 뒤쪽에서 가까워오는 셜록 오빠의 발소리를 들으며 전력 질주했다. 하지만 거리에 이르자 나는 여성스러움과는 아예 담쌓은 모습으로 쩌렁쩌렁 휘파람을 불어대며 지나가던 마차를 불러 세웠다. 그러고는 마차 안으로 뛰어 들어가서 마차의 지붕을 세게 두드린 뒤 마부에게 떠나라는 신호를 보냈다. 물론 그 마차는 이륜마차였기에 말이 빠른 걸음을 내디딜 때 마차 안에 앉은 내 모습이 그대로 오빠의 시야에 드러났다. 문득 뒤를 돌아보니 6미터 정도 떨어진 지점에서 오빠가 거친 숨을 몰아쉬며 냉소적인 모습으로 서 있었다. 오빠는 바로 날 뒤쫓아올 것이다. 내겐 은신처가 필요했다. 이스트엔드에도 급히 가야 했다. 어떡하든 전엔 시도한 적 없는 새로운 변장이 간절히 필요했다.

11장

"어디로 모실까요, 아가씨?" 마부가 지붕 미닫이 판의 열린 틈을 통해 물었다. 알다시피, 이 이륜마차, 아니 좀 더 적합한 용어로, 몇 년 전 핸썸Hansom 씨가 발명한, 대문자 H로 시작하는 이 핸썸Hansom 마차는, 꽤 현명하게도 마부가 마차 뒤쪽의 상단에 앉도록 해 승객이 별 볼 일 없는 마부의 엉덩이 대신 주변의 경관을 볼 수 있도록 했다. 고로 이 지붕 뚫린 오픈 마차는 화창한 날 인기 만발이었다. 땅에서부터 높은 자리에 앉은 마부는 마차 꼭대기의 고리들을 관통하는 고삐로 말을 제어했고, 승객에게게서 운임을 받는 덮개 등을 레버로 조작했으며, 높은 데 앉은 상태에서 승객들과 소통했다. 정말로, 난 한 번도 이 핸썸 마차의 마부가 마차에 오르락내리락하는 걸 본 일이 없다.

오, 오, 내 눈부신 별들이여!

그동안 대부분 대담한 — 또는 무모한 — 아이디어가 그랬듯, 이번에도 기발한 아이디어가 불현듯 떠올랐다. 마부가 내게 질문을 던지자마자 나는 "마구간으로 가주세요."라고 답했다.

"네?" 마부가 째진 목소리로 되물었다.

"어디가 됐든 당신의 말과 마차를 두는 곳으로 가주세요." 나는 지붕의 틈 사이로 마부에게 1파운드 지폐를 건넸다. "사례는 꼭 할 테니 걱정 말고요."

서펜틴 뮤스 동네에 도달하자 내 계획에 걸림돌이 될 수도 있는 것들이 불현듯 떠올랐다. 만약 이 마부가 대형 마차 회사의 소속이라면 눈들이 많을 터인데 어찌 성공을 점칠 수 있을까? 그렇게 되면 또 얼마나 더 많은 이에게 뇌물을 줘야 할까? 순간 아무 생각도 나지 않았다. 모든 게 절망적이고 혼란스러워만 보였다. 문득 집시 여인이 말한 큰까마귀가 내 어깨에 앉아 보이지 않는 무게로 날 누르는 듯했다. 품에 넣은 엄마의 메시지가 정말 마음까지 홀랑 태워버린 듯 가슴이 저며왔던 것이다. 게다가 도망치듯 뛰쳐나오느라 다시 오빠의 화만 돋운 것도 마음에 걸렸다. 하지만 지금은 메시지보단 공작부인을 찾는 게 우선이다.

사실, 나도 엄마의 편지를 품에 넣고 꿈지럭거린 사

실이 찔리긴 했다. 하지만 이렇게 짧은 순간에도 감정이 오락가락하던 터라, 그리 뭉그적거린 이유에 대해 그럴싸한 변명거리 — 공작부인을 찾는 일이 최우선이라는 변명거리 — 를 생각해낸 것이 오히려 다행스럽게 느껴졌다. 난 편지를 즉시 읽어보려는 열정에 타오르기보다 편지에 엄마의 모성애나 애정의 단어가 담겨 있기를 바라며 좀 더 오래 기다려보고 싶었다. 이런 생각을 말로 표현하진 않았지만, 이번이 마지막 기회일지도 모른다는 걸 감지했기 때문이다. 이 편지가 실망을 안겨준다면 나는 망연자실할 것이다. 고로 나는 조금은 비겁하더라도 진실의 순간을 미루고자 했다.

그러는 사이 마차는 서펜틴 뮤스를 지나고 몇몇 모퉁이를 돌아 몹시 수수한 집 뒤쪽의 작은 마구간에 멈춰 섰다.

"좋아요. 그럼 당신은 독자적으로 일하는 건가요?" 마차에서 내리며 나는 단도직입적으로 물었다.

"그렇습니다."

간섭할 감독관 따윈 없었다. 이 얼마나 다행스러운 일인가.

마부는 여전히 높은 자리에 앉아 있었다. "어서 내려오세요." 내가 마부에게 말했다. 무모하게도 나는 모자와 가발을 모두 벗어서는 한 뭉치의 밀짚 위로 던졌다. 순간 마부가 숨이 턱 막히는 듯한 표정을 지었지만, 그의 반응 따윈 신경 쓰지 않았다. "하루에 보통 얼마나 벌죠?"

내 앞에 선 마부는 마치 물고기마냥 뻐끔뻐끔 입을 열었다 닫기를 몇 번이나 반복하다가 마침내 가까스로 입을 열었다. "화창한 날엔 3파운드요."

"오늘 당신의 말과 마차를 쓰고, 당신의 모자와 재킷을 빌리는 대가로 10파운드를 드리죠." 비록 난 남자 옷은 입지 않겠다고 항상 맹세해왔지만, 그래도 엄밀히 말해 바지를 입는 건 아니니 남자 옷을 입는 건 아니라고 스스로를 위로했다. 사실 내 몸의 아랫부분은 전혀 드러날 필요가 없다. 마부석은 마치 양동이처럼 거의 문 없이 밀폐되었기 때문이다.

"여기요." 어안이 벙벙해 있는 마부의 손에 내가 10파운드짜리 지폐를 쥐여주었다.

물론 그렇게 간단하진 않았다. 마부를 설득하기 위해선 몇 분이 더 필요했다. 기꺼이 더 많이 쥐여주긴 했지만, 사실 마부는 돈보단 솔직히 말해 마차가 사악한 목적으로 사용될까 봐 걱정했다. 나는 마부에게 내 의도가 부도덕적이거나 불법적인 것이 아님을 거듭 다짐했고, 각별히 조심할 것이며 해 질 녘까진 말과 마차를 안전하게 돌려주겠다고 다짐했다.

내 의도는 실제로 단순했다. 내가 필요한 업무를 수행하는 동안 셜록 오빠가 혹여라도 레지날드 콜리를 앞세워 날 방해하지 못하도록 하는 것이었다. 그러니까 그 필요한 업무란 델 캄포 공작부인을 지하철역 아래로 유인한 — 턱에 뻣뻣한 털이 나 있는 두꺼비 같은 — 노파를 찾기 위해 런던의 이스트엔드로 가는 것이다.

사실 나는 그 노파가 컬헤인 중고 의류 매장의 컬헤인 부인이라고 거의 확신했다.

난 이 흥미로운 사람과 초창기 모험, 그러니까 처음 런던으로 가던 기차 안에서 다소 불쾌한 상황 가운데 마주쳤다. 당시 그녀는 챙이 나팔 모양인 흉측한 보닛을 쓰고 있었는데 설사 런던에 이런 구식 모자를 쓴 추한 노파가 수백, 수천 명이 된다 한들, 과연 그 모자 중 몇 개나 그 중고매장에서 거래됐겠는가?(그런 모자는 흔하지만 — 에놀라가 본 — 그 중고매장에서 거래되는 바로 그 모양의 모자는 흔치 않은데 그 노파가 그 모자를 썼으니 그 중고매장의 컬헤인 부인이라고 추측하는 상황-역주) 게다가 난 컬헤인 부인이 대담하고 무자비한 자란 걸 알고 있었기에 델 캄포 공작부인을 불러 세운 사람도 바로 그녀라고 본능적으로 확신하고 있었다. 또 필시 컬헤인 부인이 혼자서 이 모든 비열한 행동을 다 저지를 순 없었겠으나 어쨌든 난 그녀에게 그런 부류의 친구들이 있다는 걸 알고 있었고, 베이커 스트리트 지하철역에서 깡패 두어 명이 기다리고 있다가 그녀와 공모했을 거라고 확신했다. 거기다 컬헤인 부인을 어찌 맞닥뜨려야 할지 방법을 논해야 할 이 시점에 대략적인 계획조차 세워둔 것 또한 없었지만, 그래도 내가 마부에게 자선을 위해 그의 마차를 쓰고 싶다고 말할 때 내 말투에선 진실함이 가득 담겨 있었다.

마부는 눈알을 굴리며 이것저것 궁리하는 듯하더니 이내 하는 수 없다는 듯 수락했다. "제가 지금 바보 같은 거래를 한 건지도 모르겠지만 뭐 좋습니다. 다만 한 가지, 정말로 이 일을 하실 거라면 종이에다 제 이름과 집 주소를 적어서 마차 안에 넣어놔주세요. 그래야 혹 잘못되기라도 하면 제게로 마차가 되돌아올 테니까요."

나는 기꺼이 동의하고 마부의 이름과 집 주소를 적기 위해 가슴에서 종이와 연필을 꺼냈다.

"근데 이름이 어떻게 되시죠, 아가씨?" 마부가 물었다.

그 선량한 마부의 질문을 들은 순간 나는 아차 하며 결혼반지를 빼서 가발의 구멍 속에 던져 넣었다. 그러고는 다소 경솔하게도 "오, 맙소사, 지금은 기억조차

나지 않네요, 제겐 이름이 너무나도 많거든요."라고 답했다.

하지만 어찌 된 일인지 나의 이런 솔직하고 엉뚱한 대답이 오히려 마부의 마음에 들었던 모양이다. 그는 거의 웃다시피 하며 어깨를 으쓱했다. 또 내가 변장을 위해 얼굴에 검댕을 약간 묻히고, 머리카락을 위로 말아 올려 그가 빌려준 중산모자로 덮어씌우고, 다소 목 부분이 깊게 파인 내 드레스의 상의 부분을 그의 재킷으로 가리는 동안 기다려주었다. 그리고 내가 운전석에 올라 스커트를 감추기 위해 문을 닫을 때 날 부축해주기까지 했다(사실 굳이 도움 따윈 필요 없었지만, 나는 그의 신사다운 예의에 응했다). 아울러 그는 내게 채찍과 고삐를 건네주고, 마구간에서 내가 몰 말을 끌고 나오며, "조심하세요."라고 말했다. 그렇게 나는 마차를 탄 채 덜컹거리며 런던 거리를 향해 출발했다.

12장

고삐를 어찌 써야 할지 쥐꼬리만 한 상식밖엔 없던 나로선 인정하건대 마차 꼭대기 마부석에 앉아 살짝 겁을 집어먹었다. 확실히 나는 나무 오르기처럼 높은 곳에 있는 걸 무서워하지 않는다. 다만 이 높은 곳이 이번에는 가만히 있질 않고 움직였다! 게다가 다른 많은 대형 마차와 딱 붙은 상태로 움직였다. 그렇게 나는 어느새 사륜마차와 수레, 승객용 마차와 사륜 우마차 등 온갖 종류의 차량과 경합을 벌이고 있었다. 어떤 차량은 가볍고 빨랐으며, 어떤 차량은 무겁고 느렸다. 또 어떤 차량은 같은 방향으로 갔으며, 어떤 차량은 반대 방향으로 갔다. 때론 아주 딱 붙어서 움직이는 차량 때문에 바퀴가 긁힐 뻔하기도 하고, 서로 뒤엉켜 차축이 잠길 뻔하기도 했다. 때론 정말 바퀴가 서로 뒤엉켜 차축이 잠기기도 하는데 그럴 땐 통상 주먹다짐이나 한바탕 소동이 벌어지기도 한다.

다행스럽게도 난 그런 난관에 빠지지 않았다. 적절하게도, 브라우니라고 불리는 내 마차의 말이 자기가 해야 할 바를 알고 총총걸음으로 차분히 걸어 다니며 날 곤경에서 구해주었기 때문이다.

"여기요!" 런던의 한 거리에 이르렀을 때, 치렁치렁한 가운 차림에 온통 보석을 휘두르고, 어마어마한 보닛에 풍만한 가슴을 지닌 미망인 두 명이 일제히 날카로운 목소리로 내 마차를 불러 세웠다. 순간 그 모습에 화들짝 놀랐지만 나는 다른 예약이라도 받아놓은 양 고개를 저으며 재빨리 말을 몰았다. 일단 그렇게 지나치고 나니 문득 내 마차가 지나가면서 그 두 여자에게 시궁창 물이라도 좀 튀겨줬기를 바라는 마음이 들었다. 그들은 세실리 아버지의 묵인 아래 세실리를 감금하고, 굶기고, 강제 결혼까지 시도했던 바로 그 숙모들이었기 때문이다! 이제 사랑하는 엄마의 품 안에서 무사한 상태인 세실리와 언젠가는 다시 마주치게 되리라. 막상 그 생각을 하니 기운이 나면서 마차를 모는 동안 절로 미소가 지어졌다. 물론 오늘 해야 할 일을 어찌 해낼 것인지 아직 막막하긴 했지만 말이다.

난 어떻게 해서든 컬헤인 중고매장으로 들어가 이

리저리 살펴야 했다. 만일 컬헤인 부인이 날 알아본다면, 가장 불쾌한 상황은 물론 생명까지 위협받는 처지에 놓일 수 있다.

하지만 일단 그런 걱정일랑은 접어두고, 문제를 해결하는 나만의 독특한 추리 방식을 믿어보면서 계속 마차를 몰았다. 그렇게 런던의 가장자리에 이르러 더 가난한 지역으로 넘어갈 무렵, 문득 비좁은 골목에서 군침 도는 향을 내뿜으며 노점상들의 수레와 바구니가 죽 늘어선 게 보였다. 나는 마차를 멈추고 파이 장수로부터 고기 파이를 하나 샀다. 그러니까 채찍으로 고기 파이를 가리킨 뒤 파이 장수가 내 점심거리를 갈색 종이에 싸서 위로 올려줄 때 2펜스를 던져줬다. 주변 자갈길은 온통 일꾼들과 부랑아들, 가게 아가씨들 그리고 여자 세탁부들로 넘쳐났다. 또 근처의 한 거지는 자신이 길들인 거북이로 사람들을 끌어모으고 있었다. 특히 그 거북이는 간식을 받아먹으려고 뒷다리로 선 채 몸을 더 꼿꼿이 세우려다가 이내 등껍질로 벌렁 넘어지며 흔들 목마처럼 왔다리 갔다리 하면서 큰 즐거움을 선사하고 있었다.

마차 위 높은 곳에서 고기 파이를 먹으며 그 광경을 지켜보던 나는 누구보다도 열심히 웃던 자답게 경이로움에 고개를 흔들며 동전 한 푼을 던져주었다. 이처럼 런던 거리는 진저 케이크를 파는 상인이든, 춤을 추는 곰이든, 단추와 부츠 끈을 파는 여자든, 별나기 짝이 없는 거지든, 그 누구도 뭘 보게 될지 가히 짐작할수 없는 곳이었다. 그때, 도시의 가장자리 뒤편, 매캐한 악취로 진동하는 시가 상인 바로 옆에 웬 거지 하나가 뻔뻔스럽게도 성냥을 든 채 앉아 있었다. 문득 남자들은 어떻게 그런 매캐한 '기쁨'을 누릴 수 있는지 도통 이해가 되질 않았다. 비록 일부 대담하고 악명 높은 여성들은······.

잠깐만.

여배우들은 대체로 시가를 피웠지. 그렇지만 때때론······.

그렇담 나도 할 수 있지 않을까?

오, 맙소사. 내가 한번 시도해본다면······.

뭐 못할 것도 없지 싶었다. 특히 내 화려한 도티드 스위스 재질의 오버스커트(드레스나 스커트 위에 겹쳐 입는 스커트-역주)를 걷어 올려 재킷 속에 숨길 수만 있다면 말이다.

그렇게 되면 컬헤인 부인도 속일 수 있는 그럴듯한 111옷차림이 되지 않을까?

거의 확실하고말고.

좋아, 해보자!

마침내 마차 꼭대기의 높은 마부석에 선 나는 스커트를 재킷 속에 숨기기 위해 필요한 동작을 취했다. 그런 내 모습, 그러니까 여자 마부인 것도 모자라 사람들 앞에서 부분적으로 탈의까지 한 내 모습을 보고 상당히 놀란 수많은 이스트엔드 주민들이 감탄의 시선을 보냈지만, 난 별로 신경 쓰지 않았다. 그들 중 누구도 다시 볼 일은 없었기 때문이다.

마부석에 앉은 뒤 몸의 아랫부분을 다시 감춘 나는 고함소리며, 웃음소리며, 야유 따윈 무시한 채, 서툰 솜씨를 온통 발휘해가며 고삐를 조여 말을 돌렸다. 그런 다음 시가 한 개비와 성냥 몇 개비를 사러 조금 전에 지나쳤던 장소로 향했다. 나는 시가를 구입한 후 불을 붙인 다음, 매캐한 연기가 뿜어나오는 그 시가를 마차와 마차 등불의 좁은 틈 사이에 끼워 넣었다. 그러고는 고삐를 다시 움직여 인내심 강한 브라우니를 동쪽으로 돌려세웠다.

그렇게 어느새 세인트 토킹스 레인과 키플 스트리트의 모퉁이에 다다를 무렵, 시가는 반쯤 타다 꺼져버렸다. 정말 다행스러웠다. 실제로 담배를 어떻게 피우는지도 모르는 데다, 그렇다고 배우고 싶지도 않았기 때문이다. 그저 담배를 피우는 것처럼 보이면 족했다.

나는 타다 남은 시가를 입가에 꼬나문 채, 바라건대

가장 불쾌한 미소를 머금었다.

이윽고 컬헤인 중고매장 앞에서 마차를 세웠을 때, 이 거리 안까지 마차가 거의 들어오지 않는 만큼, 입 사나운 여자들과 거리 부랑아들의 관심이 쏟아졌다. 내가 마차에서 내리자 그들의 관심은 한층 더 높아졌다. 내 스커트(이제 평범하고 짙은 푸른색이 된 스커트)가 그들의 시야에 들어왔을 땐 여기저기서 헉하는 소리와 함께 웅성웅성 잡음도 일었다. 하지만 런던에선 흔치 않긴 하나 이미 여성의 옷차림 규정을 상당히 무시해 영 탐탁잖은 취급을 받는 '빌리' 여성들이 불도그를 줄에 맨 채 출몰하던 터였다. 비록 불도그는 없었지만, 나는 말을 가로등 기둥에 잡아맨 뒤 도끼눈을 뜬 채 채찍을 휘둘러가며 성큼성큼 컬헤인 매장으로 걸어 들어갔다.

매장 안에 있던 컬헤인 부인의 모습은 아까 뒷발로 서 있던 거북이처럼 보였고, 그녀의 태도는 화난 고슴도치처럼 보였다. 직접 쳐다보지 않으려고 신경을 썼음에도, 그 턱에 난 짧고 뻣뻣한 털이 부르르 떨리는 모습과 뭉툭한 손이 허공을 더듬는 모습이 그대로 내 눈에 와 박혔다. 나는 그녀가 순간 충격에 빠져 내 모자며, 시가며, 냉소적인 표정이며, 또는 알아볼지도 모를 내 실제 얼굴 따윈 보지도 못한 채 그냥 지나쳐버리기를 간절히 바랐다.

나는 될 수 있는 한 빨리 그녀를 지나쳐 매장 뒤쪽으로 향했고, 그 안에 있는 것들을 샅샅이 뒤져봤다. 그 결과, 옳거니, 거기엔 블랑슈플뢰르 공작부인의 물결무늬 비단 드레스와 이에 어울리는 양산, 그리고 마찬가지로 불쌍한 공작부인의 것으로 보이는 여러 겹의 호화로운 페티코트와 길고 값비싼 양단으로 장식한 스푼 모양의 코르셋이 눈에 바로 띄도록 진열되어 있었다.

하지만, 이젠 어쩐다? 빌어먹을! 컬헤인 부인에게 의심 사지 않고 안전하게 질문할 방법도 없었거니와, 무슨 정보가 됐든 그녀의 그 이빨 없는 입을 통해 뭔가를 얻어낼 가능성도 없어 보였다. 경찰이 볼 수 있을 때까지 드레스와 양산을 여기 두는 게 좋겠지만, 나도 내 주장을 증명할 무언가가 필요했다. 손수건? 그 두 명의 메리는 부인이 손수건을 가지고 다닌다고 말하지 않았던가?

나는 여성용 손수건들이 진열된 바구니 쪽으로 가서 손수건들을 휙휙 넘겨본 뒤 그중 눈에 익은 손수건을 움켜잡고 자세히 살펴보았다.

그렇다. 한쪽 구석에 비록 붉은색과 황금색 실이 뽑혀 있긴 했지만, 촘촘히 꿰맨 자국이 아직도 직물 위에 선명히 드러나 있었다: DdC.

델 캄포 공작부인Duquessa del Campo의 것이었다.

손수건을 손에 쥔 나는 매장 바닥에 거만한 자세로 1실링을 던진 뒤 그대로 퇴장했다.

내가 다시 마차 꼭대기의 마부석에 앉을 때, 손과 무릎을 딛고 엎드려 허겁지겁 돈을 줍는 컬헤인 부인의 모습은 그야말로 흥미로웠다. 분명 그녀의 탐욕은 자존심보다 커 보였다.

일단 나는 다음 모퉁이를 돌아선 뒤 기쁜 마음으로 시가를 거리로 내던진 뒤 — 불쑥 피로감이 몰려오기도 했지만 — 깊은 안도의 한숨을 내쉬었다. 옳거니, 난 빌린 재킷의 주머니에다 손수건을 안전하게 넣어 두었다. 그렇다, 이건 블랑슈플뢰르 공작부인에게 무슨 일이 일어났을지도 모른다는 내 추론을 뒷받침해 주는 증거였다. 그러니까 옷을 빼앗긴 그녀는 병과 탈진에 돈도 떨어지고 신원 미상의 악당에게 통제를 당하는 것과 같은 알 수 없는 이유로 이스트엔드에 남아 있었다.

그래, 지금까진 좋아. 그치만 이젠 뭘 해야 하지?

이 의혹을 런던 경찰청에 알려야 할지, 아니면 먼저 공작한테 알려야 할지 궁리하면서 나는 브라우니와 마차를 주인에게 돌려주기 위해 다시 웨스트 엔드로 향했다. 그렇게 수많은 마차로 인산인해를 이루는 시내로 들어섰을 때, 이미 덩달아 속도를 늦춘 내 마차는 기어가는 실정이었고 어느새 꽉 막힌 상태로 몇 분간 가만히 멈춰서 있었다. 나는 채찍을 꽂이에 꽂아놓고 깊은 한숨을 쉰 뒤 뭐라도 해야겠단 생각으로 주머니에서 공작부인의 손수건을 꺼냈다.

그리고 컬헤인 부인의 어둠침침한 가게보다 더 환한 대낮의 빛 속에서 손수건을 살펴보는 가운데 전엔 미처 알아차리지 못한 뭔가를 발견했다.

아마도 그건 내가 지금껏 경험한 행운 중 최고로 역겨운 행운이었을 듯싶다. 비록 컬헤인 부인이 그 DdC 모노그램을 없애느라 신경 썼을지언정, 손수건을 세탁하는 데까진 신경 쓰지 못한 듯, 손수건의 중앙에는 누군가가 코를 푼 흔적이 분명히 남아 있었다.

나는 블랑슈플뢰르 공작부인의 천식에 대해 메리라고 불리던 두 시녀 중 한 사람이 했던 말을 떠올렸다. 그렇다면 실종된 그 귀부인의 코에서 나온 분비물을 지금 내가 손에 쥐고 있는 것일 수도 있단 말인가?

116 비록 치밀한 생각은 아닐지라도, 그럴 가능성은 꽤 높아 보였다.

그렇게 혐오감을 느끼며 서둘러 손수건을 다시 주머니에 찔러 넣는 순간 문득 어떤 생각이 떠올랐다.

혹 그 불운한 공작부인의 체취가 아직 이 손수건에 남아 있진 않을까?

만약 그렇다면, 베이커 스트리트 지하철의 선로 또는 런던 내 다른 지역의 지하 하수구를 수색해야 하는 건 아닐까? 아니, 그건 아닌 것 같다! 그보단 — 인정하건대 이 아이디어는 최근 셜록 오빠가 벌인 몇 가지 일 때문에 떠올랐다 — 공작부인의 손수건에서 나는 체취로 개가 블랑슈플뢰르를 추적하게 해보면 어떨까?

13장

그 아이디어를 떠올리는 순간, 눈이 확 떠지고 척추가
곧추서는 것이 마치 내 안에서 샘솟는 희망과 흥분이
전선을 통과하듯 내 허리를 통과하는 것 같았다. 착한
브라우니는 나에게서 지령을 받자마자, 고개를 들고
코를 힝힝거리며 아무리 봐도 비좁을 것 같은 공간을
거침없이 돌진했다! 잠시 후 우리는 뒤뜰과 골목길의
꼬불꼬불한 미로로 이어지는 길로 우회했고, 결국 메
릴 본 가든 근처에 이르렀다. 나는 모처럼 활기찬 모
습으로 우아한 브라우니가 승합마차를 추월한 후 맵
시 있는 총총걸음으로 베이커 스트리트를 따라 곧장
내려가도록 했다.

"여기요!"

그 위압적인 목소리가 어찌나 기묘하던지 나는 즉

시 브라우니를 멈춰 세웠다. 비록 운전을 계속하는 편이 훨씬 안전해 보이긴 했지만 말이다. 브라우니 녀석, 이렇게 분별없이 무모하게 복종하다니! 나는 마차를 부른 남자의 얼굴을 감히 쳐다보지 못했다. 그가 내 얼굴을 알아채선 안 되었기 때문이다. 하지만 마차 문을 열어주는 레버를 당기려고 몸을 굽히는 순간, 황새같이 키 큰 남자와 그보다 작고 좀 더 다부진 남자 둘이 얼핏 눈에 들어왔다.

그들은 다름 아닌 셜록 홈즈, 마이크로프트 홈즈 그리고 왓슨 박사였다!

바로 이 세 사람이 비좁은 내 마차의 좌석을 비집고 앉은 것이다. 나는 지붕의 미닫이문을 열어 내가 낼 수 있는 한 가장 깊고 걸걸한 코크니 억양으로 "무게가 초과되었으니 운임의 반을 더 내셔야 합니다요."라고 말했다.

"그러죠. 오클리 스트리트로 가주세요." 오빠가 대답했다.

옳거니, 루이스 올랜도 델 캄포 공작을 만나러 가는 게 거의 확실해 보였다.

"알겠습니다요, 선생님." 나는 똑같이 깊은 목소리로 대답하면서 오빠의 머리 위쪽 미닫이문을 미끄러지듯 닫았지만, 실제로는 꽉 닫지 않았다. 대화를 엿듣고 싶었기 때문이다.

하지만 빌어먹을 도시의 평소 소음, 특히 마차의 금속 바퀴가 자갈 위에서 우르릉대는 소리 때문에 아무것도 들을 수 없었다. 일단 셜록 오빠가 목소리를 높여 말할 때를 제외하면 말이다.

"……실험이었어, 형, 그저 단순하기 그지없는 실험! 난 그 나이 든 콜리 녀석이 대담하고 이해하기 힘든 우리 여동생의 위치를 알아낼 수 있을 거라 여겼거든. 어쨌든 펀델로 내려가야만 했던 건 이것 때문이었지."

오빠들의 떠들썩한 대화를 통해 난 '이것'이 목탄 상징들로 장식된 갈색 종이라고 결론 내렸다. 분명 오빠는 레지날드 콜리가 날 찾아낸 건 물론, 소위 위대한 탐정인 자신이 이번에도 날 놓쳤다는 걸 밝히고 싶지 않았다. 그렇기에 그들의 관심을 딴 데로 돌리고자 가방에서 '이것', 그러니까 그 갈색 종이를 꺼내 보였던 것이다. "이 종이에서 뭐든 알아볼 만한 게 있을까?"

왓슨 박사의 목소리는 소리가 작아서 알아들을 수 없었지만, 마이크로프트 오빠의 거만한 음색은 아주 또렷하게 귀에 와 닿았다. "이봐 셜록, 뻔하지 않아? 네게도 너만의 전문분야가 있겠지만, 나만큼 인류학에 대해 폭넓게 읽어보진 못한 모양이군. 그랬다면 너도 알았을 텐데 말야. 종이의 가장자리들과 이 둘러싼 문양은 악을 막기 위한 방어의 의미라 할 수 있지. 뭔가 충격적인 일이 이 종이를 보낸 사람에게 일어난 게야. 그래서 이런 문양을 만든 거지."

"그러면 이 눈은?"

"호루스(매의 모습을 한 이집트의 태양신-역주)의 이집트 눈, 또는 힌두교의 제3의 눈과 매우 흡사하군."

"맙소사, 이봐요." 왓슨이 이번엔 제법 귀에 들리는 목소리로 끼어들었다. "여긴 영국이고, 지금은 19세기예요!"

"그렇죠. 하지만 여전히 여자들은 실용적인 목적이라곤 하나 없는 흔한 장신구로 치마와 소맷단을 치장한 채 길거리를 다니죠."

"장식용이군요!"

"그래요. 다만 악령의 진입을 막기 위해 원주민 시대부터 사람들은 의복의 모든 구멍에 마법의 상징물들로 방어벽을 쳐야 했죠!"

마이크로프트가 이번엔 셜록에게 시선을 돌리며 예리한 질문을 던졌다. "그런데 이 종이를 네게 보낸 사람은 누구지?"

121

하지만 그 순간 오빠의 대답은 전혀 들리지 않았다. 오빠가 무슨 말을 하는지 알아내려고 귀를 쫑긋 세워보기도 했지만, 편델이라든가 엄마 또는 나에 관해 뭐라고 떠드는지 도무지 알 수가 없었다. 단, "그 꽤나 당돌한 녀석!"이라고 내뱉는 마이크로프트 오빠의 호통만 빼면 말이다. 그럼, 당돌하고말고, 문득 씁쓸한 기분이 몰려왔다. 마이크로프트 오빠와 셜록 오빠는 내 신경이 얼마나 곤두서 있는지 전혀 알지 못했다. 정말이지, 브라우니가 승객을 가득 태운 마차를 용감하게 끌며 질주할 때, 내 신경은 오빠들의 실크해트 꼭대기 높이만큼이나 한계점에 다다라 있었다.

둑이 가까워질수록 소음과 교통 체증은 더욱 심해졌고, 그렇게 스트랜드에 이를 무렵 마차는 겨우 기어갈 정도의 속도만 낼 수 있을 뿐이었다. 마침 승객들도 아무런 불평이 없던 터라 나는 굳이 교통 체증을 뚫고 나가기보다 브라우니를 천천히 걷도록 했다. 그러다 채링 크로스 역 근처에 다다를 무렵, 마치 런던에 있는 차량이란 차량은 다 모인 듯 길이 꽉 막히면서 결국 우리도 멈출 수밖에 없었다. 주변에서 바퀴의 우르릉거리는 소리가 일제히 일시적으로 잦아들었다. 물론 내 앞쪽 마부들은 여전히 서로 욕을 퍼부으며 상당한 소란을 피워댔지만, 그럼에도 나는 지붕의 개구부를 좀 더 열어놓은 채 다시 한번 안에서 벌어지는 대화를 엿들을 기회를 포착했다.

"……도대체 왜 몸값을 요구하는 메시지는 없는 거지?"

아. 이제 그들은 실종된 공작부인에 대해 이야기하고 있었고, 왓슨은 평소와 같이 애매모호한 어조로 말하기 시작했다.

"그럴 만한 이유야 많지," 셜록 오빠가 대답했다. "하지만 어느 것도 희망적이진 않아. 추측건대 공작부인은 몸값을 원하는 납치범들에게 납치당했고, 납치범들은 공작부인 때문에 혹 경찰이라도 투입될까 봐 겁을 집어먹고는 그녀를 어딘가로 급히 보낸 듯해."

"친애하는 홈즈! 확실히……."

"아, 아무것도 확실친 않아. 정말 납치범들의 소행일 수도 있고…… 아무래도 그 노파는 여자 뚜쟁이였던 것 같아. 공작부인이 혹 상류층의 매춘 거래에 끌려가기라도 했다면……."

"죽음보다 더 비참한 운명이지!" 마이크로프트가 힘주어 말했다.

"그렇지."

그때 왓슨이 반론을 제기했다. "그렇게 불행한 추측만 할 필요가 있을까. 혹시 말야……." 선량한 의사 왓슨이 뭔가를 말하려다 머뭇거렸다.

"아, 자네는 내 가족의 독특한 상황을 생각하고 있군." 셜록이 즉흥적으로, 그리고 듣자 하니 정확하게 추측해냈다. "자넨 그 공작부인이 자신의 자유의지로 달아났을 거라고 추정하는 거지?"

약간 얼굴을 붉히며 왓슨이 중얼거렸다. "글쎄, 분명 그럴 가능성도 있다는 거지."

"가능성이야 있지, 하지만 근거가 없어."

"어떤 여자라도 멜로드라마에나 나올 법한 남편은 벗어나고 싶을 거야."

"엄청나게 금욕적인 영국 군인 출신 왓슨이," 셜록이 재미있어하며 끼어들었다. "겉으로 완벽해 보이는, 꽤나 부유한 외국인 고위 귀족의 허물을 들춰내시겠다?"

"음, 공작부인은 영국인이지?"

"그리고 외가 쪽은 프랑스인이고." 마이크로프트가 끼어들며 말했다.

"더욱 그럴듯하군." 가엾은 왓슨이 자기 의견을 고집했다. "부분적으로 프랑스인인 젊은 부인 입장에선 나이 많은 남편과 사는 삶이 엄청 불행하게 느껴졌을 수도 있지."

"왓슨, 그들이 어떤 상황에 처해 있든, 여자들이 걸핏하면 도망가는 존재는 아냐." 셜록이 약간 짜증나는 목소리를 내기 시작했다. "내가 아는 단 두 가지의 불행한 예외만 제외한다면 말이지."

순간 왓슨이 진심으로 사과하는 어조로 소리쳤다. "당연히 난 자네의 개인적인 불행을 언급한 건 아닐세."

도로 앞쪽의 정체 요인이 해소되면서 마차들이 다시 움직이기 시작할 무렵, 나는 브라우니가 걷도록 신호를 보냈다. 그러고는 오클리 스트리트에 접어들 때까지 더는 오빠들에게서 아무 말도 듣지 못했다. 때마침, 내가 변장한 마부이며 행선지가 오클리 스트리트란 것만 염두에 뒀지 정작 정확한 주소를 듣지 못했다는 사실이 떠오르며 마차를 멈추었다. 내가 지붕의 미닫이문을 열자, 셜록 오빠가 손을 내밀어 요금을 지불하고는 거스름돈은 필요 없다는 듯 오만하게 손을 흔들어댔다. 순간 셜록 오빠, 마이크로프트 오빠, 그리고 왓슨 박사가 내가 돈을 집기도 전에 마차 문을 밀어 열었다. 하지만 오히려 다행스러웠다. 문을 열기 위한 레버 다루는 법을 이미 까먹은 상태였기 때문이다.

"그 공작(듀크)에게는 어떻게 조언할 셈인가?" 그들이 마차에서 내릴 때 왓슨이 물었다.

"듀크Duke가 아니라 두께Duque지." 셜록이 비꼬는 듯한 기색으로 왓슨의 말을 정정했다. 보아하니 그 외국인에 대한 편견을 가진 사람은 왓슨 혼자만이 아니었다. "음, 난 차라리 공작의 아내에게 지하로 도망쳐서 내 여동생과 함께 살라고 제안하겠어."

"이봐 홈즈. 자네 지금 정말로 갈팡질팡하고 있군?"

"내 정보원들은 깜깜무소식이라네. 이거 원 추측의

실타래를 풀면 풀수록 더욱더 막막해지기만 하는군. 난 절대 이 사건을 맡지 말았어야 했어." 아니나 다를까 일행이 거리 약간 위쪽의 그 놀라운 무어 양식의 공작 저택으로 걸어갈 무렵, 셜록이 비통하게 말을 이었다. "실종된 사람들은 분명 내 아킬레스건이군."

"터무니없는 소리. 자네는 수십 번이나 누이를 찾을 뻔했네."

지금 이 순간 그 수십 번에 한 번을 더하며 마차를 돌려 몰고 떠나는데 왠지 마음이 아파오는 듯했다. 인정하건대 오빠의 목소리만 들려와도 눈물이 날 지경이었다. 특히 오빠가 나에 대해 그렇게 비통하게 말할 땐 더더욱.

하지만 그래봤자 무슨 소용인가. 게다가 내겐 할 일이 있지 않은가.

14장

나는 브라우니를 초라한 마구간에 데려다놓고 — 마
부에게 지나칠 정도로 진심 어린 감사도 표하고 — 마
부의 재킷도 돌려준 후, 모자와 가발이 완비된 원래의
도티드 스위스 드레스로 갈아입었다. 반지(설령 반지를
잃어버린다 한들 큰 문제는 없었다. 예비 결혼반지 몇 개 정도
는 여벌로 가지고 다녔기 때문이다)를 호주머니에 넣으면
서, 문득 내 몸이 개 발자국이며 말 냄새로 상당히 더
럽혀졌다는 사실을 깨닫고 몸도 씻고 옷도 갈아입을
겸 숙소로 돌아왔다.

공작부인을 찾는 계획을 실행하기 전에 저녁 식사
도 해야 했다. 하지만…….

하지만 많이 망가진 드레스의 단추를 풀자 가장 먼
저 눈에 띈 건 가느다란 조각으로 잘라 이어붙인 종이

뭉치였다.

바로 엄마의 메시지였다.

맙소사.

엄마의 편지를 읽는 걸 미루고 싶은 마음은 굴뚝같았지만, 난 이 스키테일을 해석한 뒤에야 셜록 오빠와 대면할 수 있음을 알았다. 레지널드 콜리의 도움을 받으려면 오빠와 꼭 대면해야 했기 때문이다. 될 수 있으면 오늘 저녁에.

목욕을 위해 소녀가 뜨거운 물을 길어오기까지 속치마 차림으로 기다리면서, 나는 그 종이 뭉치들을 ─ 네 장도 채 안 되는 이 종이들은 하나같이 조금 길었다 ─ 똑바로 펴서 침대 위에 올려놓은 뒤 생각을 모아 잘 살펴보았다. 엄마는 특정한 원통에 이 종이들을 감아 글을 썼고, 틀림없이 내가 같은 종류 및 같은 크기의 원통을 구해낼 수 있을 거라고 추측했던 듯하다. 하지만 집시들과 함께 있던 엄마의 환경과 내가 있던 런던이라는 환경은 판이한데 어떻게 같은 원통을 구할 수 있단 말인가?

종이들의 너비로 보건대 분명 작은 원통은 아니었다. 다시 말해 엄마는 상당한 화가였음에도 그림 붓의 대는 사용하지 않았다.

그렇다면 그림 붓 외에 엄마가 즐겨 사용한 것들은

무엇일까? 야생화를 찾거나 시골을 떠돌아다니기 위한 산책용 지팡이일까? 하지만 틀림없이 엄마는 내가 런던에서 지팡이 따위를 가지고 있으리라곤 예상하지 못했을 것이다.

아! 엄마가 우리 둘 다 갖고 있으리라 예상한 건 대체 무엇일까? 엄마의 관점으로 생각해야 한다.

사실 쉬운 일은 아니었다. 난 엄마를 완전히 이해해 본 적이 단 한 번도 없기 때문이다. 하지만 시도는 해 봤다. 엄마랑 같이했던 일들이 뭐였지? 책 읽기? 그랬었지, 정말로, 하지만 원통형의 책들 같은 건 떠오르지 않았다. 꽃꽂이? 그랬었지, 하지만 꽃병들은 저마다 크기와 모양이 달랐다. 그럼 나무 막대로 바구니와 새장 따위를 만드는 일은? 엄마에겐 해당 사항이 없었다. 엄마는 집에 틀어박혀 그런 일이나 할 사람이 아니었다. 바깥에 있는 걸 훨씬 선호하던 엄마는 그네를 만들어주기도 하고, 나무에 오르도록 격려해주기도 하고, 자전거 타는 법을 가르쳐주기도 했다.

하필 그때 소녀가 내 생각을 훼방놓으며 노크를 하더니 김이 모락모락 나는 큰 물병을 들고 안으로 들어왔다.

목욕을 마친 후 나는 스키테일의 한 부분을 마루 등불 대에 감싼 뒤 종이를 이쪽저쪽 옮겨보며 해석하려

고 애썼다. 하지만 모두 허사였다. 다음엔 독서 등에도,
그다음엔 계단 난간에도 시도해봤다. 하지만 역시나
모두 허사였다. 심지어 더 큰 원통이 필요한 건지, 아
니면 더 작은 원통이 필요한 건지조차 가늠할 수가 없
었다. 그야말로 답답하기 이를 데 없는 순간이었다.

저녁을 먹은 뒤 셜록 오빠를 만나러 간 나는 오빠의
그 변함없이 우월한 콧대를 꺾어주기 위해 오빠가 왓
슨 부인의 거실에서 나를 면전에 두고도 알아보지 못
한 날 입었던 바로 그 의상을 입었다. 금반지도 뺐다.
비올라 에버소우 양이 되어야 했기 때문이다. 그렇게
위까지 단추를 채워 신은 세련된 부츠와 소박하면서
도 사랑스러운 담황색 드레스에서부터, 얼굴의 작은
점에 바른 쌀가루 파우더, 조심스레 매만진 가발, 집시
모자 — 참으로 아이러니하게도 사람들은 꽃가지로
장식한 작고 납작한 이 밀짚모자를 집시 모자라고 부
른다 — 에 이르기까지 아름답게 보이도록 변장했다.
하지만 난 어느 모로 보나 셜록 오빠를 쏙 빼닮은 천
상 오빠의 여동생이었다.

시답잖은 말이긴 하나 난 오빠처럼 승리의 순간을
꽤나 즐겼다. 고로 내 손가방에 그날 밤 할 일들을 실
행하기에 더 적합한 다른 옷들도 쑤셔 넣었다. 그러니

까 나는 셜록 오빠가 내 앞에 나타나길 바랐다. 그렇
게 되지 않는다면 오늘 밤 할 일은, 여느 때처럼 에놀
라, 나 혼자의 몫이 된다.

셜록 오빠가 집에 없다면 기다리자고 마음먹었다.
하지만, 아직 해도 저물지 않은 7월의 긴 저녁이었음
에도, 왠지 오빠가 피곤하고 짜증나는 하루를 마감하
고 휴식을 취하기 위해 집에 돌아와 있을 것 같았다.

허드슨 부인이 문을 열어주면서 오빠가 집에 있다
는 사실을 확인해주었다. 나는 내 명함을 은쟁반에 올
려보냈다.

비올라 에버소우 양

곧 오빠의 다소 격해진 목소리가 들려왔다. 분명 왓
슨 부인은 전에 자신의 저택 거실에서 날 만난 뒤 오
빠에게 내 이름을 말해주었고, 오빠도 그 이름을 기억
하고 있을 터였다.

잠시 후 기쁜 듯이 짖어대며 레지날드 콜리가 아래
층으로 날 맞이하러 껑충껑충 달려 내려왔다. 이번엔
레지날드가 달려들기 전에 레지날드의 앞발을 손으로
붙잡아 막았다.

"이 옷은 망치면 안 돼." 내가 레지날드에게 다정하

게 말했다. "적어도 셜록 오빠가 이 드레스를 볼 수 있을 때까진 안 돼."

"보고 있다." 계단 꼭대기에서 간결한 목소리가 들려왔다. 아름답게 차려입은 내 모습은 털끝만큼도 논할 거리가 못 되는 듯 오빠가 불쑥 화제를 돌렸다. "어머니의 편지는 읽어본 거니?"

너무 활짝 웃지 않으려고 애쓰며 나는 오빠와 대화할 수 있는 거리에 다다를 때까지 계단을 올라갔다. "그러려고 했지만 못했어요. 하지만 지금은 거기에 신경 쓰지 말기로 해요. 더 급한 일이 있으니까요."

"그게 뭔데……?"

"전 델 캄포 공작부인에게 무슨 일이 일어났고, 우리가 어디서 공작부인을 찾을 수 있을지 알고 있어요."

이 소식에 오빠가 눈썹으로 반응하는 듯하더니 불쑥 내뱉었다. "우리?"

"실은 레지날드랑 저요. 하지만 오빠가 원한다면 함께 가도 괜찮아요."

셜록 오빠가 깊은숨을 내쉬더니 말을 이었다. "그래 인정하마. 범죄 심리를 상당히 꿰고 있다고 자부하는 나지만, 네 심리를 이해하는 덴 영 젬병이구나. 넌 참으로 대담해, 근데 아깐 왜 그렇게 다급하게 도망친 거니?"

"그야 당연하죠. 다른 데 급한 용무가 있기도 했고, 또 오빠가 절 붙잡고 싶어 한다는 걸 아니까요."

"그래, 맞다." 내가 별종이라도 되는 양 잠시 날 뚫어지게 쳐다보던 오빠가 입을 열었다. "에놀라, 근데 난 네 미래에 대해 완전히 마음을 바꾸었단다. 난 네가 결혼할 남자가 누가 됐든 간에 안타깝게 느껴진다. 정말로 넌 결혼해선 안 될 것 같아."

방향이 이상하게 옆길로 샌 듯했지만, 그 말이 싫진 않았다. 오빠의 말에 전적으로 동감했기 때문이다.

"어서 들어오렴!" 오빠가 재빨리 덧붙이며 들어오라고 손짓하고는 내게 자리를 권할 요량으로 신문들을 옆으로 내던졌다.

"전 사실 대학에서 공부를 하고 싶어요." 내가 우아하게 치마를 추스르며 털어놓자 레지널드가 내 발 앞에 드러누웠다. "르네상스 시대, 독일 고전, 논리학 그리고 논증……."

머리가 아파오는 듯 괴로운 표정으로 오빠가 말을 가로막았다. "델 캄포 공작부인의 소식을 알려주기로 했잖니."

"그럼요. 공작부인을 지하철로 유인한 한 쭈그렁 할망구의 뒤를 쫓았어요. 턱에 뻣뻣한 털이 나고 추한 보닛을 쓴 둥글납작한 여인이 런던에 수백 명은 될 테지만, 정말 악당 같은 여자를 우연히 알게 됐고, 전 그 여자에게 주의를 기울였죠." 그곳까지 간 교통수단에 대해선 밝히지 않은 채 간결하게 내가 컬헤인 부인의 중고매장을 방문한 사실과 이 과정에서 블랑슈플뢰르의 드레스와 양산, 그리고 페티코트를 발견한 사실을 오빠에게 전했다.

"넌 그 물건들이 공작부인의 것이었다고 꽤나 확신하고 있구나?"

그런 어리석은 질문은 오직 남자만이 할 수 있었다. 아니면 오직 신사만이 그런 질문을 할 수 있지 싶었다. 상류층 남성들은 보통 하나같이 똑같은 옷차림을 하고 있기 때문이다. ― 심지어 지금, 숙소의 이 편안한 흐트러짐 속에서도 오빠는 암회색 조끼, 검은 재킷, 풀 먹인 하얀색 커프스와 칼라로 완비한 획일화된 도시 복장을 갖추고 있었다 ― 이는 수많은 펭귄을 보는 듯한 옷차림으로 아마도 셜록 오빠 같은 계층의 남성들은 자신의 검정색 프록코트(과거 남자들이 입던 긴 코트-역주)와 다른 사람의 검정색 프록코트를 전혀 구분할 수 없을 것이다.

고로 나는 부드럽게 대답했다. "친애하는 오빠, 오빠가 여러 종류의 시가 재를 구분해내듯이 전 모든 옷을 구분해낼 수 있어요. 백프로 확신해요."

"증거로 가져와볼 만한 건 없었니?"

"여기 가져왔어요." 나는 가슴에서 베네치아 레이스가 달린 고운 리넨 손수건을 꺼내 오빠에게 건네주었다. "블랑슈플뢰르 공작부인의 내실에서 이런 걸 몇 개봤었는데, 오빠도 아마 이 모노그램을 알아볼 거예요."

"그렇고말고. DdC. 델 캄포 공작부인Duquessa del Campo이지." 틀림없이 이 문제에 대한 혼란스러운 생각을 정리하려는 듯 오빠가 중얼거렸다. "어쩌면⋯⋯ 그렇지만 그럴 리가 없어⋯⋯ 그렇담 왜 악당들은 런던에서 과한 몸치장을 한 모든 여자 중에서도 특히 공작부인을 고른 거지?"

내가 그 답을 알고 있다고 스스로 깨닫기도 전에 내입에서 반사적으로 말이 튀어나왔다. "부인의 유난히도 길고 풍성한 황금빛 머리카락을 얻기 위해서죠."

순간 내가 스와힐리어(동부 아프리카에서 널리 사용되는 공용어-역주)라도 말한 듯 날 뚫어지게 쳐다보는 오빠의 시선이 느껴졌지만, 등골이 오싹해오는 걸 보니내 말이 맞는 듯했다. 악당들은 블랑슈플뢰르 공작부인의 옷을 가져갔을 뿐 아니라, 머리카락도 잘라가 자신들의 이익을 두 배로 불렸을 가능성이 농후했다.

"오빠도 가발을 사봤죠," 내가 셜록 오빠에게 말했다. "그 가발들이 얼마나 비싼지 오빠도 잘 알 거예요.

제가 가발에 투자한 비용은 말하기도 몸서리쳐지네요.
보통 머리카락은 헤드커치프(머리에 두르는 4각의 큰 천-
역주)를 쓴 바이에른 농민 소녀들로부터 수입해오거나,
아름다운 머리카락을 얻기 거의 힘든 여성 재소자들
로부터 구해오거나, 돈이 절실해 자신의 전부와도 같
은 머리카락을 내준 여인들로부터 사와야 하기 때문
이죠."

"요컨대," 셜록 오빠가 끼어들었다. "가발로 쓰기에
매력적인 머리카락이었단 말이군."

"그리고 붙임머리 같은 건……" 내가 말했다. "얻기
도 힘든 데다 비싼 가격에 팔리죠."

"그렇군."

"네 말이 맞을 수도 있겠네." 오빠가 시큰둥하게 인
정했다. "그러니까, 이 컬헤인 부인과 몇몇 공범들이
의복은 물론 머리카락까지 얻어내려고 블랑슈플뢰르
공작부인을 잡아갔다고 추정하면…… 근데 이 매장은
아주 질 나쁜 지역에 있는 거니?"

"약간요."

"그렇담 추가적인 폭행이나 부상 때문에 집에 못 돌
아오는 수도 있겠구나?"

"그럴 수도 있을 듯해요."

순간 오빠가 의자에서 벌떡 일어나 서성이더니 이

내 활동가의 모습을 드러냈다. "즉시 경찰이 움직이도
록 해야겠다."

"제 계획은," 내가 다소 큰 소리로 말했다. "레지날드
콜리가 공작부인의 손수건에서 나는 체취로 부인을
추적하도록 하는 거예요."

그 늙은 개의 이름을 거론하자 레지날드가 일어나
서 귀를 쫑긋 세웠다.

내가 계속해서 말했다. "오빠도 공작부인이 손수건
에 흔적을 약간 남겼다는 걸 눈치챘을 거예요."

"그래, 하지만 에놀라, 레지날드는 콜리 종이야, 블러
드하운드(사람을 찾거나 추적할 때 이용하는, 후각이 발달한
큰 개-역주) 종이 아니야!"

레지날드의 물기 어린 갈색 눈동자의 시선이 언쟁
하는 소리에 따라 오빠로부터 나에게 이동했다.

"그렇죠," 나는 인정했지만, 곧바로 더 좋은 생각이
떠올랐다. "그럼 오빠가 솔로몬 섬 주민들을 추적할
때 썼던 개는요? 왜 오소리나 담비 따위를 지키던 노
파에게서 얻은 개 있잖아요?"

오빠가 깜짝 놀란 듯 동작을 멈추더니 날 빤히 쳐다
보며 말했다. "내 일을 지독한 멜로드라마처럼 묘사한
왓슨의 글을 그동안 읽고 있었던 거니?"

"물론이죠, 왓슨 박사의 저서 『네 개의 서명The Sign

137

of the Four』을 지독한 멜로드라마로 여긴다면요. 그 개의 이름이 아마 토비였죠?"

"그랬지, 지금도 그렇고." 기묘한 표정으로 날 내려다보던 셜록 오빠가 뜬금없이 무관한 질문을 툭 던졌다. "에놀라, 대학에 가고 싶단 말, 진심이었니?"

"전…… 고전 교육은 꽤 잘 받아둔 상태지만 고등 수학, 현대 문학, 화학 같은 과학을 좀 더 배우는 게 꿈이었어요."

셜록은 교향곡 연주에 앞서 침묵을 지시하는 오케스트라 지휘자의 태도 같은 꽤 단호한 몸짓으로 두 손을 들어 보였다.

"우리는 즉시 토비를 데리러 갈 거고, 네가 인도하는 곳이면 어디든 함께하마. 단 한 가지 조건이 있다. 마이크로프트 형도 우리와 함께할 거란다."

15장

이 마지막 말보다 더 날 놀랍게 하거나, 덜 기쁘게 할 말도 없을 듯했다. 순간 충격을 받고 자리에서 일어난 나는 아연실색하며 말했다. "마이크로프트 오빠라뇨! 왜 그래야 하죠?"

"에놀라, 설명할 시간이 없다." 셜록 오빠가 실크해트와 키드 가죽 장갑 그리고 지팡이를 잡으며 말했다. "동의하니?"

"어떻게요? 마이크로프트 오빠에겐 절 강제할 법적 권리가 있잖아요."

"형이 널 붙잡으려 하거나 강제하려 든다면 내가 신사의 명예를 걸고 어떻게든 막아주마."

"마이크로프트 오빠가 절 붙잡지 못하도록 해주실 거죠?"

"그러지 못하도록 약속하마."

셜록은 한번 한다면 하는 사람이었다. 게다가 난 일이 틀어질 경우 마이크로프트 오빠를 손쉽게 따돌릴 수 있다는 것도 알았다. 하지만……"그래도 자꾸 걱정이 되네요." 내가 말을 이었다. "이게 오빠의 속임수중 하나일지도 모르잖아요."

기품있는 얼굴과는 딴판으로 장난기 가득한 미소를 지은 오빠가 입가를 씰룩거렸다. "마이크로프트 형이라면 그럴지도 모르지."

"아!" 오빠의 말을 듣고 보니 제법 솔깃한 제안처럼 느껴지면서 이내 걱정이 호기심으로 바뀌었다. "그럼 좋아요!" 레지날드 콜리의 머리를 문지르며 내가 말했다. "당장 가죠."

토비는 왓슨이 묘사한 대로, 갈색 및 흰색의 긴 털을 지닌 스패니얼(기다란 귀가 뒤로 처져 있는 작은 개-역주)류의 개였지만, 외모에서 끌릴 만한 요소는 전혀 없었다. 우리는 토비를 마차(셜록은 미리 주문한 대로 원하던 사륜마차를 입수한 상태였다)에 남겨둔 채, 마이크로프트 오빠를 데리러 클럽에 갔다. 이런 황혼 무렵에 마이크로프트 오빠가 자신의 클럽(디오게네스 클럽Diogenes Club을 의미함. '셜록 홈즈' 시리즈에서 언급된, 자기만의 시간을 갖기 원하는 사람들이 구성원인 모임-역주)에 있을 것은 자명한 사실이었기 때문이다. 마이크로프트 오빠는 마치 태양이 궤도를 따라 떠오르고 지듯, 자신의 궤도 안에서 일, 클럽, 숙소만 왔다 갔다 하는 사람이었다.

나는 여성의 모습으로, 한술 더 떠 고상한 노란색 드레스를 입은 사랑스러운 비올라 에버소우 변장을 한 채 대기실에서 기다렸고, 셜록 오빠도 상급 하인이 마이크로프트 오빠를 데리러 가는 동안 나와 함께 기다렸다. 몇 분이 지나자 도끼 눈을 한 남자가 나타났다. 그사이 셜록 오빠는 셔츠 주머니에서 내 명함을 꺼내 내게 돌려주며 말했다. "자, 이제 맡은 역할을 하시죠. 비올라 에버소우 양."

아하, 셜록 오빠는 마이크로프트 오빠가 날 알아보는 데 얼마나 걸릴지 알고 싶은 듯했다. 장갑을 낀 양손으로 앞쪽에 가방을 들고 있던 나는 고개를 숙인 채 히죽히죽 웃는 표정을 지었다.

넓은 감청색 조끼와 커터웨이 재킷(연미복처럼 앞보다 뒤가 더 긴 무릎길이의 남성용 정장 재킷-역주) 차림에 흰색 넥타이를 매고 눈부시게 멋진 모습으로 등장한 마이크로프트 오빠는 날 거들떠보지도 않았다. "셜록," 오빠가 화난 목소리로 내뱉었다. "내가 방해받는 거 얼마나 싫어하는지 알지?"

"장담하건대, 꼭 필요해서 온 거야, 친애하는 형."마치 뜨거운 시나몬 번(계피가 든 둥근 빵 – 역주)에 가루 설탕을 붓듯 마이크로프트의 분노를 사그라들게 할 만큼 대단히 의기양양한 어조로 셜록이 끼어들었다. "마이크로프트 홈즈, 비올라 에버소우 양을 소개할게."

마이크로프트 오빠는 거의 인사 한마디 없이 내 쪽으로 고개를 돌렸고, 나는 오빠에게 내 명함을 건네주었다. 오빠는 "정말 반갑습니다."라고 말했지만 전혀 반가운 목소리는 아니었다.

"에버소우 양이 내 도움을 필요로 해."셜록 오빠가 말했다. "그리고 또 한 명의 신체 건강한 자의 도움이 필요한데 왓슨의 사정이 안 돼서 형을 찾아왔지."

"신체 건강한 자!"마이크로프트가 모욕을 당한 듯 포효했다.

"오, 홈즈 씨."나는 가장 감미로운 소프라노 음성으로 마이크로프트에게 지저귀었다. "정말 곤경에 처한 여성을 돕는 일을 거절하진 않으시겠죠?"

순간 마이크로프트 오빠의 입이 열렸지만 아무런 대꾸도 하지 않았다. 무슨 식중독에라도 걸린 사람 같았다고나 할까?

"자, 이쪽으로 와봐, 마이크로프트 형."셜록이 타이

르듯 말했다. "몇 시간이면 될 거야, 내가 마차를 대기시켜놨어."

셜록 오빠의 신호를 들은 영리한 하인이 마이크로프트 오빠의 풍만한 외투를 들고 나타나 오빠의 몸에 미끄러지듯 슬쩍 걸쳤다. (이쯤에서 예의에 맞는 복장은 계절과 상관이 없다는 점을 설명해야 할 듯싶다. 한여름 무더위라도 야회용 예복을 입은 신사는, 마치 숙녀가 보닛과 장갑을 착용해야 하듯, 코트를 걸쳐야 한다.) 마이크로프트 오빠의 모자 등을 받아든 셜록 오빠가 즉시 자신의 육중한 형을 문밖으로 능숙하게 조심조심 데리고 나갔고, 나 또한 같이 빠져나갔다. "어디로 가시죠, 에버소우 양?" 우리가 마차에 가까워졌을 때 마이크로프트 오빠가 내게 물었다.

"세인트 투킹스 레인의 키플 스트리트요." 나는 마치나 혼자선 마부에게 목적지도 말할 수 없는 양 중얼거렸다.

결국 셜록 오빠가 마부에게 행선지를 말했다.

"이스트엔드? 그것도 *개랑?*" 이미 마차에 오른 마이크로프트 오빠가 토비의 반대편 구석에 조심스레 자리를 잡으며 투덜거렸다. 그사이 셜록 오빠는 내게 손을 내밀어, 내가 마치 워터퍼드 크리스털(아일랜드 워터퍼드에서 만들어진 크리스털 제품 브랜드-역주)로 만들어지기라도 한 양, 조심스럽게 계단을 오르도록 도와주었다. 나는 가엾은 토비에게 숙녀다운 혐오감을 드러내는 척하며 마이크로프트 오빠 옆에 앉았다. 거기서 틀림없이 마이크로프트 오빠는 내가 비싼 돈을 들여 몸에 뿌린 백합 라벤더 향기를 맡았을 것이다. 마차가 보통 속도로 움직이기 시작하자 맞은편 좌석에 기대앉은 셜록 오빠가 입을 꾹 다문 채 토비를 쓰다듬고 있었다.

한동안 침묵이 흐르다가 호기심 때문이든, 긴장 때문이든, 향수 냄새 때문이든, 참다못한 마이크로프트 오빠가 자신의 인상적인 머리를 내 쪽으로 획 돌리며 말했다. "혹 어떤 어려움에 처하셨는지 여쭤봐도 될까요……."

나는 그저 고개를 떨구고 미소만 지을 뿐이었다.

"에버소우," 반대편 좌석에 있던 셜록 오빠가 자청해서 말했다. "그러니까 여기 있는 비올라 에버소우 양의 부모님은 우리 어머니의 좋은 친구였어."

"그러니까 기억이 나는 것도 같네!" 마이크로프트 오빠가 마차 안을 가로질러 셜록 오빠 쪽으로 몸을 기울였다. "그때 말한 그 소포에 관해선 에놀라에게 무슨 소식이라도 들었니?"

"아직 못 들었어."

"빌어먹을, 셜록, 그런 편지를 그 허수아비 반건달에게 맡기기 전에 나한테 상담이라도 하지 그랬니."

순간 셜록 오빠가 틀림없이 반짝이는 눈빛으로 날 힐끗 쳐다보았다.

마이크로프트 오빠가 계속해서 큰 소리로 불평해댔다. "우리의 그 무례한 말썽꾸러기 여동생, 그러니까 집안에서 살도록 가까스로 길들인 천한 테리어 강아지 같은 녀석 말야."

난 더 이상 참을 수 없었다.

"자, 이제," 내가 평소 목소리로, 아아, 그러니까 꽤 독특한 목소리로 말했다. "분명히 말하지만, 에놀라는 적어도 어느 정돈 평범하게 집안에서 살도록 길들여진 아이죠. 게다가 다른 가족들이 때때로 보여주는 행동보다 에놀라의 행동이 더 천하거나, 무례하거나, 반건달 같다고도 보기 어렵고요."

순간 마이크로프트 오빠가 내 쪽으로 고개를 홱 돌리더니 마치 바람 빠진 풀무(불을 피우거나 일부 악기의 음을 내게 하는 데 쓰는 기구 – 역주)마냥 멍하니 날 쳐다보았다.

"가령, 일면식도 없는 사람 앞에서 그런 자세한 가족 문제를 얘기한다든지 하는 행동 말이죠."

나는 스스로 완벽하게 풀을 먹인 러플드 칼라(물결

주름으로 장식된 칼라-역주)에 매혹적인 각도의 집시 보닛과 사랑스러운 진주 귀걸이를 착용하고 있다는 사실을 충분히 인지하며 차분하게 말을 마쳤다. 그러고는 마이크로프트 오빠에게 잠시 침착하기 이를 데 없는 미소를 지어 보인 뒤 이내 여성스럽지 못한 웃음을 터뜨렸다.

"에놀라?" 마이크로프트 오빠가 숨이 턱 막히는 듯한 표정을 지었다.

"예, 맞아요. 친애하는 오빠."

"에놀라! 하지만…… 난 절대! 근데, 대체, 너, 어디서, 뭘……"

하지만 그 순간 마차가 멈췄고, 마부가 따분한 어조로 외치는 소리가 들려왔다. "키플 스트리트요."

16장

가방을 들고 밖으로 나온 나는 셜록 오빠가 운임을 지불하고 마차를 보내는 동안 가방을 열었다. 그러고는 나무 그루터기처럼 꼼짝 않고 서 있는 마이크로프트 오빠에게 등불 한 개와 성냥 몇 개비를 건넸다. 애초에 나와 동행하는 — 두 오빠가 아닌 — 한 오빠에게 주려던 거라 나머지 등불은 그냥 내가 들었다. 셜록 오빠는 훌륭한 무기인 자신의 무거운 지팡이를 들고 있었다. 나는 토비를 보고 있던 셜록 오빠에게 델 캄포 공작부인의 손수건을 건넨 뒤, 장갑 및 값비싼 가발과 함께 집시 보닛을 가방에 쑤셔 넣었다. 그런 다음 가벼운 검은 망토를 가방에서 꺼내 나의 노란색 드레스를 덮었다. 그렇게 온통 생기도 없고 늪 색깔을 띤 머리카락을 뒤에서 잡아당겨 대충 동그랗게 말아 올린

147

뒤, 미소 띤 얼굴로 마이크로프트 오빠를 돌아봤다.

"자, 마이크로프트 오빠, 이젠 좀 제가 오빠의 집 나간 여동생 같아 보이나요?" 순간 뒤늦게 떠올라 얼굴에서 작은 모반을 떼어 가방에 던져 넣었다.

마이크로프트 오빠는 말문이 막힌 듯했다. 뭐, 오빠에겐 당연히 황당한 상황이었으리라.

"그럼, 에놀라, 뭐부터 시작할까?" 셜록 오빠가 내게 물었다.

"템스강을 따라 내려가세요." 나는 한 손에는 가방을, 다른 한 손에는 등불을 든 채 템스강 방향으로 길을 인도했다. "제가 보기엔 말이죠," 내가 설명했다. "그들은 부랑아들이나 토셔들이 쓰는 낡은 하수구 중 하나를 통해 그녀를 지하철 밖으로 데려갔을 거예요."

"그녀를?" 마이크로프트 오빠가 불쑥 끼어들며 발언권을 되찾았다. "누구?"

"블랑슈플뢰르 델 캄포 공작부인 말이야." 셜록 오빠가 설명했다. "에놀라, 넌 그들이 공작부인의 화려한 옷과 보석을 훔친 다음 부인을 배수로나 부두로 돌려보냈을 것 같니?"

"모르겠어요. 그치만 틀림없이 공작부인을 가게 안에 가둬둘 순 없었겠죠, 안 그래요?"

"그렇지." 셜록 오빠의 어조에서 오빠가 이번 추적을

심각하게 여기기보단 완전히 즐기고 있다는 게 느껴졌다. 반면에 난 마이크로프트 오빠의 당황스러운 모습을 즐기면서도 공작부인을 찾는 데 어느 때보다도 강한 의지가 솟아남을 느꼈다.

차분히, 조용히 그리고 조심조심 경계하며 나는 오빠들을 비탈 아래로 데려갔고, 강으로 이어진 거미줄 같은 길을 가로질렀다. 강이라는 예쁜 단어로 인해 착각을 불러일으킬지도 모르지만, 사실 템스강은 바닷물 조수에 따라 오물이 차오르거나 가라앉는 한낱 냄새나는 갈색 하수관에 지나지 않았다. 다시 말해, 그 소금기 있는 질벅질벅한 템스강물 속엔 죽은 쥐와 고양이는 물론, 때때로 시체까지 가라앉아 있었다. 그렇게 템스강둑은 비열한 인간성의 온상이 되어 썩어가고 있었다.

타르 냄새가 진동하는 건물들 사이의 가파르고 어두운 골목길로 내려가면서 순간 새록새록 떠오르는 두려움에 머뭇거렸다. 때마침 낮은 하늘의 좀 더 옅은 어둠을 가르며 돛대가 수직으로 앞쪽에 늘어선 게 보였고, 우리 셋은 골목을 벗어나 템스강 끝, 곧 무너질 듯 덜컹대는 선착장 위로 모습을 드러냈다.

잠시 동안 그곳에 가만히 서 있던 우리는 무슨 위험이라도 닥칠까 촉각을 곤두세웠다. 아울러 가지고 있던 등불로 최대한 비춰가며 주변을 살폈다. "전 여기 와본 적이 있어요." 내가 속삭였다.

"언제?" 셜록 오빠가 목소리를 낮추며 물었다.

"런던에 온 첫날 밤이요." 문득 이 말을 하는 데 걸린 시간보다 더 짧은 찰나에 끔찍한 기억들이 떠올랐다. 배 선체에 어린 튜크스베리 경과 함께 잡힌 순간이며, 내 손발이 묶여 있던 순간이며, 강철 코르셋 지지대의 뾰족한 끝에 손목 끈을 문질러 끊어내다 손목이 피투 성이가 됐던 순간들 말이다. 아울러 자유를 얻기 위해 싸운 기억이며, 밤새도록 도망쳐다닌 기억이며, 튜키 의 아픈 맨발을 위해 속도를 늦췄던 기억도 떠올랐다.

"지금 무슨 얘기를 하고 있는 거니?" 마이크로프트 오빠가 투덜거렸다.

"이 근처에서 극악무도한 자들과 맞서 싸웠다고요."

"퍽이나 위로가 되는 말이구나."

"이쪽이요." 기억이 가물가물한 탓에 무턱대고 오른 쪽으로 돌며 내가 속삭였다. 해변을 따라 어두운 창고 들이 어슴푸레 죽 놓여 있었는데 모퉁이 여관들의 번 쩍이는 가스등 덕에 그나마 창고들을 식별할 수 있었 다. 보아하니 강 가장자리를 따라 질퍽하고 울퉁불퉁 한 길이 죽 펼쳐져 있었다. 그야말로 불쾌한 장소였 다. 그러니까 컬헤인 부인과 그녀의 폭력배 친구들이 불운한 공작부인을 버렸을지도 모를 그런 곳 말이다. "토비가 손수건으로 뭘 할 수 있을지 한번 보기로 해요, 셜록 오빠."

내가 가장 좋아하던 셜록 오빠의 모습 중 하나는 오빠가 개와 말을 다루는 방식이었다. 오빠는 주머니에서 레이스가 달린 리넨 손수건을 꺼내 토비의 콧구멍에 갖다 대기에 앞서, 먼저 토비 앞에 멈춰 무릎을 굽힌 뒤 토비를 어루만지고 구슬리면서 토비와 교감을 나눴다. 토비가 본격적으로 손수건에 반응하며 코를 킁킁거렸을 때, 오빠는 자리에서 일어나 토비의 짧은 목줄에 아주 긴 목줄을 연결해 토비가 자유롭게 움직이도록 했다. 그렇게 토비는 묘하게 어기적거리는가 싶더니 이내 빠른 걸음으로 등불로도 보이지 않는 밤의 어둠 속으로 순식간에 사라졌다.

"음, 최소한 네게 우릴 인도하진 않겠지, 에놀라." 우리가 목줄을 따라갈 때 셜록 오빠가 말했다. "알다시피 네 체취도 저 손수건에 묻어 있잖니."

"그래요, 오빠 것도요. 그리고 컬헤인 부인 것도요."

"빌어먹을, 에놀라, 너랑 같이 있다 보면 자꾸 뭔가를 깜박깜박한단 말야…… 우린 델 캄포 공작부인의 저택에 들러 부인의 체취가 담겨 있거나 부인만을 떠올릴 뭔가를 요구했어야 했어."

"그런다고 그 사람들이 덥석 세탁도 하지 않은 속바지를 오빠에게 내줬을 것 같나요?"

"에놀라!" 내가 남자 앞에서 언급해선 안 될 민망한 것들을 언급하자 마이크로프트 오빠가 흥분한 목소리로 내 말을 가로막으려 했다.

나는 마이크로프트 오빠의 말은 아랑곳하지도 않은 채 셜록 오빠에게 계속 물었다. "근데 그런 개인적인 물건은 왜 필요한 거죠?"

"어차피 설명해봤자 괜한 희망 고문이나 하고 궁금 증만 잔뜩 야기했을 것 같네." 셜록 오빠가 한숨을 내쉬며 대답했다. "그래, 네 말이 맞는다, 에놀라. 하지만 손수건만으론 아마 토비는 우릴 컬헤인 부인의 가게로 데려갈 거야."

"그러게요. 토비가 뭐라도 도움이 될 만한 걸 찾는 다면 그거야말로 경이를 넘어 기적에 가까운 일이죠." 나는 인정했다. "하지만 시도는 해봐야죠."

"그러면 나는?" 뒤쪽에서 투덜거리는 목소리가 들려왔다. "대체 난 왜 여기 있는 거야, 셜록, 말해봐."

"모든 게 숨김없이 전부 드러날 거야, 친애하는 형. 그럼, 다 드러나고말고."

17장

몇 시간이 흘렀지만 아직 희소식은 날아들지 않았다.
개들 특유의 기꺼이 나서는 특성상, 토비는 울퉁불퉁
한 템스강가를 따라 온갖 배수로며, 개울이며, 언더컷
길(가장자리에 모재가 패어서 홈과 같이 골이 생긴 길 - 역주)
이며, 하수관 입구로 우리를 끌고 다녔지만, 만족할 만
한 결과는 없었다. 결국 토비가 인도한 곳은 처음 출
발했던 원래의 장소, 곧 내 끔찍한 기억의 중심지인
선착장이었다. 우리는 선착장을 지나 터널, 그러니까
애초 이미 지나쳤던 말라버린 강바닥에 다시 이르렀
다. 그사이 웬일인지 불평투성이 마이크로프트 오빠
는 입도 뻥긋하지 않았다. 몸 쓰는 운동이 익숙지 않
아 쌕쌕거리느라 그럴 틈이 없었던 것이다.

토비는 계속 경계 상태였다. 하지만 코를 땅에 대기

보단 고개를 허공에 쳐든 자세로 냄새를 맡고 있었다.

그런 토비의 행동 외에 불현듯 다가온 이 불안을 설명할 구실은 없었다. 다만 거리를 쏘다니다 보면 어떤 위험이 엄습했다는 직감 같은 게 느껴지긴 했다.

"터널 안으로 가요!" 나는 격렬하게 속삭이며 오빠들의 팔꿈치를 움켜잡고 터널 쪽으로 몰고 갔다. "등불을 꺼요!" 토비를 따로 불러 앉힐 필요는 없었다. 캄캄한 가운데 우리 셋이 바짝 붙어 서 있을 때, 이미 털북숭이 토비는 경계한 상태로 내 발 위에 앉아 있었기 때문이다.

누구에게든 끽소리도 내지 말 것을 당부할 필요도 없었다. 물론 토비의 주둥이에 손을 대고 주의를 주는 것만 빼면 말이다.

그때 문득 부두로부터 강둑 위로 질질 신을 끌며 걸어가는 발소리가 들려왔다.

그리고 목소리도 들려왔다.

누군가 이쪽으로 다가오고 있었다.

잠시 후 두 개의 목소리가 들려왔다. 하나는 아주 높고 끽끽거리는 목소리였고, 다른 하나는 더 깊고 허스키한 목소리였다. 먼저 허스키 목소리는 어딘지 나이 든 사람의 침착함이 느껴지면서도 여자가 아닐까 하는 의구심이 드는 목소리였다. 그리고 끽끽거리는 소프라노 목소리는 왠지 남자일 거라는 생각도 들었다. 어쨌든 두 목소리 다 낯설게 느껴지진 않았다. 비록 누가 누군지 구체적으로 식별할 순 없었지만 말이다.

특히 속사포로 사악한 말을 내뱉던 그 깊은 목소리가 정신을 쏙 빼놓을 정도로 충격을 줄 땐 더더욱 그랬다. "……그 여자라면 아주 신물이 나."라고 그 목소리가 단정 지었다.

"그리고 그 여자도 너라면 신물이 났을 거 같은데." 째진 목소리의 작자가 되받아쳤다.

"그렇담 왜 대체 그 불구덩이blazes에서 도망가지 않는 걸까?"(여기서 친애하는 독자의 감성을 고려해 지옥hell 대신 불구덩이라는 완곡한 말로 바꾸어 표현하겠다.) "내가 집에서 나올 때마다 거기 있더라고. 마치 마구간의 아주 더러운 오물 속 생선마냥 그냥 거기 누워만 있던데."

"음, 네 뜻대로 됐네. 네가 그 여자를 거기에 처넣었잖아, 아냐?" 째진 목소리의 작자가 다시 되받아쳤다.

아, 이 째진 목소리의 작자는!

난 하마터면 꽥하고 소리칠 뻔했다. 지난 여름 날 죽였을지도 모를 그 악랄한 쪼끄만 악당의 쥐새끼 같은 음색을 알아차린 것이다.

"그 일하곤 아무 상관 없어." 순간 귀가 썩을 듯한 험한 욕설을 듣고 있자니 더듬더듬 떠올리던 불쾌한 기억들이 쑥 들어갔다. 그런 험한 저주를 퍼붓는 여자가 있다니 정말 상상도 못 할 노릇이었다.

마침내 두 사람이 내 시야에 들어왔다. 그들은 강변 길의 커브를 돌고 있었으며, 더 크고 다소 거북이같이 생긴 사람이 등불을 들고 있었다.

그 째진 목소리의 작자는 컬헤인 부인일 리 없었다.

그 악당의 옆에 있는 여자가 컬헤인 부인이었기 때문이다.

"저 여자예요." 나는 셜록 오빠의 귀에다 속삭이며, 오빠가 내 말을 이해했기를 간절히 바랐다. 더는 어떤 말도 할 용기가 안 났기 때문이다. 나는 몸서리를 치며 전등불을 피해 어두운 쪽으로 더 깊이 몸을 숨겼다. 다행히도, 마이크로프트 오빠는 간신히 자신의 헉 헉거리는 소리를 잠재웠다. 마이크로프트 오빠와 셜록 오빠는 두 악당이 더 가까워지자 그야말로 찍소리도 내지 않았다.

"······동네 사람들이 하나같이 그 여자에 대해 이러 쿵저러쿵 떠들어대서 혹시라도 그 여자 얘기가 경찰 귀에까지 들어가면 참으로 낭패인데 말야." 컬헤인 부인이 호통쳤다. 친애하는 독자는 내가 지금 반복되는 일부 표현에 대해 완곡한 표현을 쓰고 있다는 점을 이해할 것이다. "그 빌어먹을 말썽꾼이 꼼짝도 하지 않고 불쌍한 척이나 하고 있으니 정말 큰일이야."

그렇게 그들은 우리가 숨은 장소의 앞까지 터벅터
벅 걸어오고 있었다. 나는 내 코르셋 앞부분의 살대에
숨겨둔 단도를 떠올리며 마음의 준비를 하고 있었다.
두 사람 중 하나라도 자신의 등불에 비친 우리를 보게
될 경우, 재빨리 단도를 뽑아야 했기 때문이다.

"그러니까 대체 그 여자를 어쩌라는 거야?" 째진 목
소리의 작자가 물었다.

"뭘 어째. 없애야지!"

"어떻게? 어딘가로 풍덩 떨어뜨리라는 거야, 아님 정
말 없애라는 거야?"

이는 공작부인을 *죽이느냐*는 질문이었으며, 그렇게
아무렇지도 않게 지껄여대는 모습을 보니 머리털이
쭈뼛 곤두섰다. 다행히도 이 질문 덕분에 컬헤인 부인
이 그 째진 목소리의 남자를 똑바로 쳐다봤고 ─ 그러
니까 그 남자만 쳐다봤고 ─ 그러느라 두 사람은 우리
의 은신처를 그냥 지나쳤으며 남자도 컬헤인 부인만
쳐다봤다.

"하고 싶은 대로 해." 컬헤인 부인이 남자에게 말했
다. "상관없어. 난 그 일에 관해 아무것도 알고 싶지 않
아. 그냥 없애버려."

"저들을 뒤쫓아요." 그 사악한 악당 한 쌍이 우리의 피난처를 지나쳐간 뒤 내가 속삭였다. 사실 셜록 오빠는 이미 앞으로 슬금슬금 나아가고 있었다. 늘 부드럽기 그지없는 새끼염소 가죽 부츠를 신은 오빠는 고양이처럼 사뿐사뿐 우아한 자태를 뽐내고 있었다. 그러니까 난 오빠의 인기척이 들킬까 봐 염려되진 않았지만, 내가 들킬까 봐 염려되긴 했다. 이런 긴장된 상황이면 나도 모르게 최악의 어색한 행동이 툭 튀어나오기 때문이다. 그래서 난 셜록 오빠가 앞장서도록 한 채 토비의 목줄은 꽉 잡고 덜렁대는 거추장스러운 등불은 땅에 내려놓고서 오빠의 뒤를 따랐다. 내 행동에서 힌트를 얻은 마이크로프트 오빠가 (놀랍게도!) 날 따라 했다. 적당한 거리를 두고 날 느릿느릿 뒤따라오던 오빠는 분명 매우 조심스럽게 한발 한발 내디뎠다. 우리 앞을 밝히는 빛이라곤 낮은 구름에서 흐릿하게 반사된 런던의 가스 등불이 전부였기 때문이다. 게다가 컬헤인 부인이 비추는 등불은 훨씬 전방에 있었다.

고로 우리는 어둠 속에서 은밀하게 행렬을 지어 템스강을 따라 지름길로 나아갔다. 그러고는 템스강에서부터 방향을 바꿔 위쪽, 그러니까 우리가 처음에 출발했던 키플 스트리트를 향해 올라갔다. 사실 난 그곳에 도착하기 훨씬 전 우리가 어디로 가고 있는지 짐작했다. 지난여름, 오늘처럼 몹시 불쾌하던 날, 컬헤인 중고매장 뒤쪽의 좁은 길과 마주한 적이 있기 때문이다. 그때 나는 외양간이며, 금방이라도 무너질 듯한 당나귀 우리며, 염소 우리를 지나갔고, 또 꿱꿱거리는 암탉과 거위 떼를 가로질러, 째진 목소리의 작자와 그의 더 무시무시하고 극악무도한 일당으로부터 필사적으로 도망쳤었다.

하지만 키플 스트리트에 이르렀을 때, 망가지지 않은 가로등 몇 개가 간헐적이나마 깜박거리고 있었다. 가스등 불빛 아래 놓이지 않도록 조심조심 인도에 다다른 셜록 오빠가 날 기다려주기 위해 모퉁이 건물의 그늘에 멈춰 섰다.

그리고, 아마도, 마이크로프트 오빠도 기다려주는 듯싶었다. 하지만 마음이 급하던 나는 건장한 몸으로 느릿느릿 걷고 있는 마이크로프트 오빠를 생각할 겨를이 없었다. 나는 곁눈질로 그 건물의 모퉁이를 엿보면서 마치 한 쌍의 캐리커처(어떤 사람의 특징을 과장하여 우스꽝스럽게 묘사한 그림이나 사진-역주)처럼 우스꽝스러운 모습으로 세인트 투킹스 레인을 향해 걷고 있는 째진 목소리의 작자와 컬헤인 부인을 주시했다. "제가 그 작자들을 막을 방법을 알아요. 이쪽으로요!" 나는 숨을 헐떡이며 셜록 오빠에게 말하고는 토비를

159

끌고 곧장 키플 스트리트를 가로질러 좁은 길로 통하는 골목으로 달려갔다.

내 뒤에서 누군가, 아마도 마이크로프트 오빠가 타이르는 목소리가 들려왔다. "끔찍하군! 저 아이가 미쳤나?" 이런 골목들이 다 그렇듯 이 골목도 앞서 언급한 온갖 가축의 악취 나는 똥으로 덮여 있었다. 그러니까 미끄러지고 넘어지기에 정말 탐탁지 않은 그런 곳이었다. 고로 나는 — 세인트 투킹스 레인에서 다가오는 컬헤인 부인이 들고 있던 그 희미한 등불마저 없다면 — 악취와 어둠뿐이었을 그 골목으로 달려갈 때, 미끄러지거나 넘어지지 않기 위해 최선을 다했다.

사실 난 컬헤인 부인과 남자가 걷기에 편한 좀 더 먼 길로 돌아서 걸어갔다는 사실을 미처 감지하지 못했다. 순간 숨이 턱 막혀왔다.

희미한 불빛 속에서 창백한 뭔가가 — 또는 인간의 몸으로 보였던 터라 누군가가 — 진흙 속에 누워 있는 모습이 눈에 띄었기 때문이다.

그 몸은 전혀 미동이 없었다. 정말 덮개로 뒤덮인 시체마냥 고요하고 창백했다.

세상에! 설마 실같이 가늘고 연약한 블랑슈플뢰르? 그렇담 공작부인은 아직 살아 있단 말인가?

18장

공작부인의 생사는 도무지 가늠할 수가 없었다!

잠시 후 시야에 들어온 컬헤인 부인과 그녀의 극악무도한 일행이 공작부인을 지켜볼 때도, 그들의 등불이 공작부인의 전신을 비출 때도, 미동이라곤 전혀 찾아볼 수 없었기 때문이다.

나는 배설물로 엉망이 된 발로 그들을 향해 돌진한 뒤 숨을 죽인 채 귀를 기울이려고 노력했다. 하지만 아직 거리가 있어선지 그들이 하는 말 따윈 들리지 않았다. 등불을 내려놓고 돌아서서는 평소처럼 어슬렁대며 자리를 뜨는 컬헤인 부인만 보일 뿐이었다.

땅 위에 누워 있는 형체, 그러니까 생사 여부는 알수 없으나 유난히도 여리여리한 몸매에 슈미즈 드레스만 걸친 한 여성의 모습이 눈에 들어왔다.

그녀가 고개를 들려는 듯 약간 움직이는 모습도 보였다.

맙소사, 그녀는 살아 있었다!

그리고 째진 목소리의 악당이 그녀를 죽이기 위해 칼을 뽑는 모습도 보였다.

"안 돼!" 나는 소리를 지르며 토비의 목줄을 풀어준 뒤 이미 무모할 대로 무모해진 속도를 더욱 높여 악당을 향해 질주했다. "멈춰!" 재빨리 그쪽으로 돌진했지만 아직 거리가 있어 소리치는 것 외엔 딱히 악당을 막을 방도가 없었다. "살인자다! 경찰!" 순간 그자가 홱 돌아서더니 꽤나 놀란 모습으로 소리 나는 곳을 쳐다봤고, 바로 그때 나는 — 더 나은 무기가 없던 터라 — 그자의 머리에 내 가방을 힘껏 내던졌다.

내 공격에 그가 고개를 홱 수그렸고 물론 빗나갔지만 그 덕분에 나는 단도를 뽑아 그와 대면할 수 있었다.

우리가 몸을 웅크린 채 칼날로 위협하며 원 모양의 대형으로 천천히 그를 압박해가자, 악당은 마치 으르렁거리는 잡종개마냥 이빨을 드러냈다. 순간 악당이 날 알아채고는 위협했다. "또 너야. 넌 죽었어."

"도와줘요." 그때 땅바닥에서 희미하게 애원하는 목소리가 들려왔다. "제발 도와주세요."

하필 이 타이밍에 들려온 그 목소리 때문에 하마터

면 사달이 날 뻔했다. 내가 흘끗 바닥 쪽을 내려다보는 순간, 째진 목소리의 악당이 내게 덤벼들었던 것이다.

　이미 공격을 막기엔 너무 늦은 타이밍이었다. 극악무도한 자의 손에 들린 칼이 무방비 상태의 내 목을 향해 휙 날아들었다. 하지만 그 결정적인 순간, 악당의 손에는 엄청난 힘이 실린 지팡이가 내리쳐졌고, 외마디 비명과 함께 악당이 손에 쥐었던 무기가 땅으로 내팽개쳐졌다. 다음 순간, 셜록 오빠는 그자의 등 뒤로 두 팔을 비틀고는 그 보잘것없는 악당의 몸을 단단히 붙잡았다.

　나는 입을 열어 셜록 오빠에게 감사를 표하려고 했다. 하지만 그럴 기회는 없었다. 바로 그때 실로 흉측한 보닛을 쓴 거대한 형체가 오빠를 덮쳤기 때문이다. 컬헤인 부인이 돌아왔던 것이다. 그녀의 체중이 실린 공격을 받은 오빠가 비틀거리며 넘어질 듯 휘청거렸다. 맙소사, 이 공격으로 오빠는 악당을 잡고 있던 손을 놓쳤고, 그길로 악당은 도망쳤다. 나는 오빠에게서 컬헤인 부인을 떼어놓으려 애썼지만 오히려 그녀는 날 옆으로 밀쳐냈다. 하지만 그 순간 그녀만큼 몸집이 큰 누군가가 그녀의 팔, 그러니까 마구 흔들어대던 그 팔을 꼭 움켜잡았다. 마이크로프트 오빠였다. 그렇게 오빠는 컬헤인 부인을 셜록 오빠에게서 떼어낸 뒤 진흙으로 내던져 그녀의 지방 덩어리 엉덩이를 주저앉혔다.

그 당시 난 이 장면을 만족스럽게 즐기진 못했다. 바닥에서 울리는 또 한 번의 희미한 외침에 온통 신경이 쏠려 있었기 때문이다. 나는 그 부인의 옆에 웅크리고 앉은 채 그녀의 더러운 손을 내 손으로 쥐었다. "공작부인?"

나를 올려다보며 그녀가 고개를 끄덕였다. 아무리 때로 떡칠을 했어도 꽃같이 아름다운 그녀의 얼굴이 가려질 순 없었다. 비록 눈부시게 아름다운 삼단 같은 머리카락은 사라지고, 진흙으로 뻣뻣해진 두 인치 정도의 짧은 머리카락만 남았지만 말이다. 그녀는 바로 블랑슈플뢰르 공작부인이었다.

"도와줘요." 그녀가 속삭였다.

"예, 저희가 도와드리러 왔어요." 내가 그녀를 안심시키며 말했다. "그런데 어디 다친 덴 없으시죠?"

그녀가 고개를 내저었다.

토비, 그러니까 (『네 개의 서명』에 따르면) 소위 추적자의 모범인 토비는, 공작부인을 알아채기는커녕 그제야 내게 다가와 부인의 체취를 맡았다.

"기운 없으시죠?" 내가 공작부인에게 물었다. "많이 배고프시죠?"

"아뇨, 전혀요!" 그녀의 사랑스러운 눈이 매우 진실된 모습으로 휘둥그레졌다. "극빈자들이 빵을 나눠주었거든요. 그러니까 누더기를 입은 극빈자들이 날 불쌍히 여겨줬죠."

극빈자들과 마찬가지로 나도 항상 들고 다니던 강화 설탕 캔디 중 하나를 꺼내 부인의 입에 넣어주었다. 셜록 오빠와 마이크로프트 오빠는 부인의 반대편에 웅크리고 앉아 있었다. 컬헤인 부인은 더는 보이지 않았다. 보아하니 상황을 파악하고 달아나버린 듯했다.

"근데 이제 집에 가고 싶네요." 지금 이 상황 때문에 불쌍하게 들릴 뿐, 블랑슈플뢰르 부인은 꽤나 천연덕스럽게 말했다. "날 집에 데려다주겠어요?"

"그럼요, 저희가 도와드리러 왔는걸요." 셜록 오빠가 말했다. "부인, 일어나 앉는 것을 좀 도와드려도 괜찮을까요?"

"아, 아뇨. 아니요, 전 일어나 앉을 수도, 서 있을 수도 없어요. 그러니까 혼자선 안 돼요." 그녀가 충격을 받은 듯, 마치 일어나 앉거나 혼자 서는 일이 외설적인 일이라도 되는 양, 약간 숨 가쁜 어조로 말했다. "누군가 날 데리러 오지 않으면 안 돼요……."

그녀의 말이 계속해서 이어졌고, 그 가운데 얼굴이 붉어지는 당혹감이 읽혔다. 공작부인은 오빠들로부터 눈을 돌려 애원하듯 날 바라봤다.

"뭐라고요?" 마이크로프트 오빠가 그나마 평소보다 훨씬 덜 무뚝뚝한 목소리로 물었다. "도대체 뭐가 필요하신지요?"

마이크로프트 오빠의 물음에 움찔한 그녀가 내게 귓속말로 속삭였다. "전 기어 다니려고 했어요. 하지만 그것마저도…… 무리였죠. 허리가…….."

이윽고 난 컬헤인 중고매장에 걸려 있던 끔찍한 코르셋이 생각났다.

블랑슈플뢰르는 어렸을 때부터 그런 코르셋을 입고 다녔다고 그녀의 하녀들이 내게 말해줬었다.

정말로, 나는 여섯 살짜리의 허리를 가진 여성을 내려다보고 있었다. 이런 실제 사례를 본 적은 없지만, 엄마가 자신이 지니고 있던 『의상 혁명 저널』에서 그런 사례 — 그런 불구가 된 사례 — 를 내게 읽어준 적이 있다.

"맙소사!" 비록 이 불운한 부인한테는 아니었지만, 갑자기 울분이 치밀었다. 나는 그녀의 반듯이 누운, 변형된, 기형적인 몸 맞은편에 있던 오빠들을 노려봤다. "분명히 공작부인은 최고의 기숙학교로 보내졌겠죠, 마이크로프트 오빠!"

"대체 지금 이 상황이…….."

"이분의 허리가 오랫동안 너무 조여진 바람에……"
순간 신체가 위축되었다는 말은 떠오르지 않았고 그
바람에 더욱 화가 치밀었다. "이분은 온 힘을 오로지
의복에만 내맡긴 채 생활해온 터라 이제 코르셋 같은
끔찍한 고문 장치에 둘러싸여 있지 않으면 앉을 수도,
설 수도, 걸을 수도 없게 된 거예요!"

블랑슈플뢰르 부인이 북받친 모습으로 조용히 흐느
껴 울기 시작했다.

나는 마이크로프트 오빠의 그런 당황스러운 모습을
본 일이 없다. 반면에 셜록 오빠는 한때 플로렌스 나
이팅게일에게 상당한 강의를 들은 만큼 이 상황을 잘
이해하고 있었다. 정말로 셜록 오빠는, 모두가 예상하
다시피, 부인을 떠맡았다. "쉿, 에놀라. 자, 이제 충분히
말했으니, 너의 망토를 좀 빌려도 될까?"

화를 잠재우려고 입술을 깨물고 있던 내가 자리에서
일어나 몹시 더러워진 망토를 벗어 오빠에게 건넸다.

"자, 공작부인, 저희가 모시겠습니다. 마이크로프트
형, 부인의 어깨 쪽을 좀 받쳐줘. 거봐, 내가 오늘 밤
두 명의 힘센 사람이 필요할 거라고 말했지."

일단 존중의 표시로 공작부인의 몸을 망토로 감싼
후, 정말로 셜록 오빠는 혼자서 거뜬히 부인을 들어
올렸다. 연약하기 그지없는 몸뚱이인 그녀의 체중은

무척이나 가벼웠다. 오빠는 서쪽의 도시로 방향을 틀었다. 하지만 빈민가를 지나 꽤나 멀리 갔는데도 눈에 띄는 마차 따윈 없었다. — 아마도 새벽 네 시경이라 런던 어디를 가나 마찬가지일 듯싶었다 — 문득 셜록 오빠가 마이크로프트 오빠 쪽으로 돌아서더니, 어릴 적 게임을 즐기던 두 소년으로 돌아가기라도 한 듯 "자, 이제 형 차례야."라고 말했다.

그렇게 셜록 오빠는 마이크로프트 오빠에게 부인을 넘겼고, 칭찬할 만하게도 마이크로프트 오빠는 그 짐을 조심스럽고 착실하게 들어 날랐다.

여전히 우리는 어떤 마차도, 어떤 교통수단도 보지 못했다. 그래도 확실히 이스트엔드 거리엔 새벽이라 많지는 않아도 인적이 있었다. 하지만 술꾼들이며, 다른 주민들이며, 좀도둑들은 하나같이 우리들로부터 멀리 떨어져 있었다. 그도 그럴 것이 두 명의 엄숙한 귀족 남자는 죽은 듯한 몸뚱이를 나르고 있었고, 뒤따르는 여자(나)는 진흙투성이 노란색 드레스 차림에 얼굴이며, 손이며, 머리카락이 엉망진창이 된 채 한 손엔 가방을, 다른 손엔 얼룩무늬 스패니얼을 끌고 가고 있었던 것이다.

마이크로프트 오빠는 결국 블랑슈플뢰르 공작부인을 셜록 오빠에게 다시 건넸고, 그렇게 우리는 교대로

부인을 운반해가며 수 마일을 계속 나아갔다.

이 길고 긴 일종의 시련 동안 두 오빠는 거의 입도 뻥긋하지 않았고, 언제나처럼 앞장서고 있는 셜록 오빠는 내 존재도 까맣게 잊은 듯했다. 그러나 마이크로프트 오빠는 내 옆에서 걷고 있었고, 잊을 만하면 한 번씩 힐끗힐끗 날 훔쳐보는 듯했다.

마침내 마이크로프트 오빠가 말을 걸었다. "에놀라, 오늘 저녁, 셜록이 모든 게 숨김없이 다 드러날 거라고 말했을 때, 그게 바로 네 이야기였니?"

사실, 나는 왜 셜록 오빠가 마이크로프트 오빠를 데리고 올 것을 고집했는지 전혀 이해가 되지 않았다. 고로 난 이 질문에 아무런 대답도 할 수 없었다. 하지만 진지하게 내 대답을 기다리고 있는 마이크로프트 오빠를 보니 불쑥 억누를 수 없는 웃음이 터져 나왔다. "정말로," 내가 소리쳤다. "지금 제 머리카락이며, 얼굴이며, 몸 상태를 볼 때 여자가 이보다 더 숨김없이 솔직한 경우는 거의 없겠네요."

셜록 오빠가 웃는 소리가 들려왔다. 하지만 마이크로프트 오빠는 그 어느 때보다도 엄숙하게 날 쳐다보았고, 그 순간 놀랍게도 난 그런 오빠가 싫지 않았다.

"맞아," 마이크로프트 오빠가 말하기 시작했다. "지난여름 난 다소 방치된 막대기 같은 아이 하나를 만났다, 아니 적어도 내겐 그렇게 느껴졌지. 하지만 지금은 내 앞에 꽤 특별한 여성이 보인다. 그렇긴 해도 넌 아직 열네 살밖에 안 됐으니 모든 게 숨김없이 드러난다는 건 말이 안 되지."

"열다섯이요," 내가 생각에 잠긴 채 대답했다. "며칠 후면요." 사실 난 다가오는 내 생일 기념일 따윈 그저 대수롭지 않은 날로 여겼다.

그 말에 이미 올빼미 같던 마이크로프트 오빠의 눈이 더욱 커졌다. "그래?"

"정말이야?" 셜록 오빠가 동시에 소리쳤다. "벌써 일 년이나 지났나?"

"그러니까 엄마가 집시들과 도망친 지가 거의 일 년이나 지났군요? 맞네요."

그 말을 하다 보니 아직도 읽지 않은 채 가슴에 지니고 다니던 엄마의 메시지가 떠올랐고, 순간 익숙한 아픔이 느껴졌다. 상황이 상황인지라 그 아픔은 다소 더 심하게 느껴졌다.

"아직도 난 *믿기지가* 않아, 설마 어머니가……" 마이크로프트 오빠가 말하기 시작했다. 보아하니 셜록 오빠와 이미 집시들에 관해 함께 의논한 게 분명했다.

하지만 셜록이 마이크로프트를 침묵시켰다. "내가 오늘 밤 함께 가자고 조른 건, 이 일로 에놀라도 더 잘 알게 되고, 에놀라가 무슨 일을 하는지도 보면서, 형도 뭔가 통찰력을 얻지 않을까 싶어서였거든." 의미심장한 표정으로 걸음을 멈춘 셜록이 마이크로프트 쪽으로 돌아서서는 무기력하게 기절한 듯 보이는 블랑슈플뢰르 공작부인을 건넸다. "안 그래?"

"지금은 대화하기에 극도로 불편한 상황이거든." 마이크로프트 오빠가 으르렁거렸다.

셜록 오빠가 침착하게 맞장구쳤다. "그렇고말고. 하지만 될 수 있으면 빨리 해보는 건 어때?" 마이크로프트 오빠가 자신의 짐을 들고 앞으로 터벅터벅 걸어가는 동안 셜록 오빠와 나는 옆에서 따라 걸었다.

마이크로프트 오빠는 투덜거렸지만, 상황이 상황이니만큼, 그 내용은 반복하지 않겠다.

조용히 그리고 열심히 우리는 앞으로 나아갔다.

19장

마침내 앨더게이트 펌프 — 위생을 상징하는 런던의 거대한 흉물 덩어리 건물 중 하나이자, 불결한 이스트엔드를 벗어나 도시로 들어가는 비공식적 이정표 — 에 도착했을 때, 새벽 여명은 굴뚝 꼭대기의 통풍관 뒤쪽 하늘을 물들이고 있었다. 인접한 마차 승강장엔 마부 몇 명이 하품을 하며 대기하고 있었고, 덕분에 셜록 오빠는 사륜마차를 구할 수 있었다.

셜록 오빠가 마차 좌석 중 하나에 공작부인을 조심스럽게 눕히자 그녀가 몸을 약간 흔들며 눈을 떴다. "늘 생각해왔던 대로네요." 공작부인이 중얼거렸다. "사람들은 진정으로 친절한 마음을 품고 있네요, 고마워요."

"공작부인이야말로 누구에게든 칭찬받아 마땅한 분

이신걸요." 내가 부인에게 사탕을 하나 더 주며 말했다.

셜록 오빠도 공작부인이 행여 컬헤인 부인이나 그 일행의 그 끔찍한 '친절'까지 떠올리지 않도록 조심했다. 대신 내게로 시선을 돌렸다. "에놀라, 근데 넌 이 일에 어떻게 관여하게 된 거니?"

"물론, 궁금하겠죠." 난 일단 그렇게 말했다. 비록 한밤중 고된 노동으로 우리는 모두 지쳐 있었지만, 나는 얼굴에 미소를 띤 채 그 미소가 셜록 오빠에 대한 내 진정 어린 마음을 표현해주길 바랐다. "하지만 대답하지 않을래요."

셜록 오빠가 다시 입을 열기 전에 잠깐 눈을 하늘로 치켜떴다. "그럼 바꿔 말하마. 루이스 델 캄포 공작과 그의 집 식구들은 네가 누군지 아니?"

"그들은 절 부인을 걱정하는 상류층 여성으로 알고 있어요."

"그렇담, 아무래도 너 혼자 공작부인을 집에 바래다주는 게 그들의 마음을 덜 아프게 할 듯싶구나."

"이번 일에서 남자의 시선을 아예 배제해버리자는 뜻이군요."

"그렇지, 잠깐만." 순간 셜록 오빠가 내게서 토비의 목줄을 빼앗아 마이크로프트 오빠에게 건넨 뒤, 앨더게이트 펌프로 성큼성큼 걸어갔다. 그런 다음 손수건

(레이스가 달린 것이 아니라 커다란 남자 손수건이었다)을 꺼내 물에 적신 뒤 어린애 다루듯 내 얼굴을 닦아내기 시작했다.

몹시 피로하기도 하고 당황하기도 한 나로선 그냥 백화점 마네킹마냥 서 있다가 몇 분이 지나서야 오빠를 밀어내고는 뺏은 손수건으로 직접 얼굴과 손에서 흙과 배설물을 닦아냈다.

"그렇게 나쁘진 않은데," 일단 끔찍한 머리를 가리기 위해 내가 가발과 모자를 쓰자 셜록 오빠가 궁금한 목소리로 물었다. "혹시 점도 필요하니?"

"아뇨."

"그럼 다시 만날 때까지 잘 있으렴."

"네, 일단 이 일이 끝나면 내일까지 곯아떨어질 작정이에요."

그런데 내가 가방을 마차에 던져 넣고 마차 계단을 딛는 순간, 마이크로프트 오빠가 불쑥 말했다. "기다려!"

불쌍한 마이크로프트 오빠, 나는 오빠가 거기 있었다는 사실을 까맣게 잊고 있었다. 순간 뭉클한 마음이 들며 오빠를 향해 돌아섰다.

마이크로프트 오빠가 늘 보여주던 그 딱딱한 모습과 거만한 모습은 칠흑 같은 밤에 온데간데없이 사라진 상태였다. 오빠는 퉁명스러우면서도 어린애마냥 단순한 어조로 말했다. "언제쯤 다시 만날 수 있겠니?"

너무나도 따뜻한 말에 순간 오빠를 향한 뜻밖의 애정이 솟구쳤다. 그 바람에 난 마이크로프트 오빠가 내게 아무런 약조도 하지 않았고, 오빠를 믿을 수도 없다는 사실을 스스로 상기시켜야만 했다. 잠시 후 내가 입을 열었다. "모르겠어요. 연락할게요, 약속해요."

"이번엔 널 잡는답시고 경찰 따윌 부르지 않았다는 걸 알아줬으면 한다." 마이크로프트 오빠가 평소처럼 조급한 모습을 드러내며 말했다.

"알고 있어요, 정말요." 내가 오빠에게 진솔한 어조로 말했다.

"그런데도 왜 우린 서로의 의견에 동의할 수 없는 걸까?"

"전 너무 지쳤어요, 마이크로프트 오빠, 생각할 힘도 없을 정도로요. 아무튼 전 어떤 것에든 동의할 마음이 추호도 없어요."

순간 셜록 오빠가 평소답지 않게 뜬금포를 놨다. "에놀라. 네 생일이잖니!"

나는 진심으로 당황한 얼굴로 오빠를 돌아봤다. "제 생일이요? 그게 뭐요?" 사실 두 사람 모두 내 생일에 관심을 가진 적이 없었다.

그리고 두 사람 모두 평소 같은 달변 따윈 잃어버린 듯했다. 마치 생각을 정리하는 데 어려움이라도 겪는 듯, 셜록 오빠가 "우린 함께 있어야 해."라고 말했다.

"왜요?"

"우리 세 사람 모두." 마이크로프트 오빠가 힘겹게 말을 이었다.

틀림없이 엄마가 집 나간 날을 축하하려는 건 아닐 테고. "오빠 중 한 사람이 제게 케이크나 선물을 준다는 게 감히 상상도 안 되네요. 대체 왜……."

하지만 난 하려던 질문을 멈췄다. 한편으론 오빠들로 하여금 더 말하도록 하는 게 잔인한 일 같기도 하고, 또 한편으론 복잡한 내 감정도 다잡기 어려웠기 때문이다. 거기다 논리학자의 딸로선 좀 이상해 보이지만, 집시 여자가 한 말 또한 염두에 두었기 때문이다. 곧 내가 이 운명을 거스르기로 선택하지 않는 한, 영원히 혼자 있게 될 거란 그 운명의 말 말이다.

오빠들과 나, 이렇게 셋이 함께 모여 있을 것인가.

아니면 안전하게 나 혼자 있을 것인가?

그 결정은 내 몫이었다.

"에놀라?" 마이크로프트 오빠가 물었다.

그 생각을 마저 하기엔 너무 지친 나는 마음에 이는 충동적인 결정을 믿어보기로 했다. 내가 고개를 끄덕이며 말했다. "그럼 베이커 스트리트에서 볼까요? 셜록 오빠?"

"그래, 티타임 무렵, 베이커 스트리트에서 꼭 보는 거다. 스키테일도 가져오고."

그 약속은 그렇게 간단히 결정되었다. 우리 셋은 나중에 다시 만날 것이다. 내 생일을 축하해주기 위해서라기보단 엄마가 사라진 걸 되짚어보기 위해서 말이다. 우리 셋은 모두 엄마가 어떻게 되었는지 알아내길 바란다.

순간 씁쓸한 생각이 밀려왔다. 하지만 "좋아요."라고만 말한 뒤 손을 흔든 나는 블랑슈플뢰르 공작부인을 데리고 오클리 가의 집으로 돌아가기 위해 마차에 올랐다.

나는 머리카락이 더럽고 불쌍하게 잘려나간 공작부인의 머리를 내 무릎에 뉘어놓은 채 그녀의 손을 잡아주었다. 이동 중에도 그녀는 몇 번이나 눈을 떴지만, 이내 천사 같은 미소만을 건네고는 다시 눈을 감았다.

우리가 공작의 무어 양식 저택에 도착했을 땐 아직 매우 이른 시간이었고, 길거리와 포장도로를 다니는 차량만 간헐적으로 보일 뿐이었다. 하지만 난 마부가 내려오도록 노크한 다음, 마부에게 마차를 마치 화물

운송 마차마냥 델 캄포 저택 뒤쪽으로 세우라고 했다. 그곳에선 아무래도 보는 눈이 적을 테고, 틀림없이 루이스 델 캄포 공작도 (내가 다른 이유들로 그런 것처럼) 부인의 실종과 행방에 대한 세부 내용이 신문에 알려지길 원하지 않을 것이다.

우리가 부엌문에 이르자 요리사 한 명이 뛰쳐나왔다. 그녀는 한바탕 잔소리를 해대더니 내가 연 마차 문을 통해 마차 안 광경이 보이자 이내 뿔닭의 암컷마냥 큰 소리로 수선을 떨어댔다.

"공작님을 불러오세요." 내가 요리사에게 말했다. "그리고 메리⋯⋯" 맙소사, 시녀들의 이름이 떠오르지 않았다. 시녀들과 전혀 상관없는 막달라 마리아와 베다니 마리아, 나사렛 마리아, 그리고 꽃의 마리아란 이름만 떠오를 뿐이었다. "블랑슈플뢰르 공작부인의 시녀들을 내려보내줘요, 어서 서둘러요. 이 일에 대해선 절대 발설하지 말고요." 새끼 돼지마냥 소란을 떨며 허둥지둥 자리를 뜨는 그녀에게 내가 공연히 덧붙였다.

공작이 먼저 나타났다. 사실 난 그로부터 며칠간 이 178 귀족 신사에 대해 재미있는 그림을 그렸다. 그러니까 공작은 잠옷 바람에 검은 머리카락이 온통 올챙이처럼 헝클어진 상태로 잠옷 바지 아래론 앙상한 발목과 맨발을 그대로 드러낸 채 뛰쳐나온 모습이었다. 슬리

퍼나 가운을 입을 때 멈추지도 않고 그대로 입은 걸 보면 다혈질이 맞는 듯했다. 그때 셔닐실(실을 꼬아 부드럽게 만든 실-역주)로 짠 옷을 입은 메리와 플란넬로 짠 옷을 입은 메리가 나타났다. 나는 여전히 햄블턴이니 소로우크럼이니 하는 이름들은 하나도 기억나지 않았고, 그게 중요하게 느껴지지도 않았다. 그들이 꽥 소리를 지르며 울음을 터트렸다. 공작은 변함없이 신뢰할 만한 남편답게 지독히 더러워진 아내의 얼굴에 진실로 몇 번이고 키스를 퍼부었다.

하지만, 내겐 좀 더 실질적으로 할 일들이 남아 있는 듯했다. 우선 나는 마부에게 돈을 지불한 뒤 공작에게 그의 아내를 안으로 데리고 들어가자고 제안했다. 내 말대로 공작은 아내를 들어 안았고, 옆에 있던 요리사에게 의사를 부르라고 소리쳤으며, 두 명의 메리와 나는 그의 뒤를 따랐다. 공작은 배설물 투성이의 아내를 거실의 기절 소파(fainting sofa. 코르셋 때문에 숨을 제대로 쉬지 못해 쓰러진 여성들이 쉴 수 있도록 만든 소파-역주)에 올려놓았다. 이 소파가 애초 목적대로 쓰이는 장면을 본 건 이번이 처음이었다. 두 명의 메리가 후자극제(특히 과거 병에 넣어 보관하다가 의식을 잃은 사람의 코 밑에 대어 정신이 들게 하는 데 쓰던 화학 물질-역주)와 뜨거운 물 등을 가지러 달려갔으며 공작은 마치

오페라 연기자라도 된 듯 온갖 격한 감정에 휩싸인 채
방 안으로 뛰어 들어갔다. 그러니까 공작의 마음엔 아
내를 되찾은 기쁨이며, 아내를 실종된 상태로 가련한
처지에 빠트린 범인들에 대한 분노며, 신에 대한 감사
며, 의사가 도착하기까지의 조바심 등 실로 온갖 감정
이 다 일었고, 이 일의 자초지종을 듣고 싶은 생각도
이따금 부수적으로 찾아들었다.

결국 나는 두 메리가 공작부인을 인계받고 내과 의
사가 서둘러 안으로 들어오고 나서야 자리를 피할 수
있었다. 물론 라고스틴 박사가 부인을 찾아내긴 했으
나, 사내다운 섬세함으로 그 사건과 관련해 어떤 식으
로든 공로를 인정받거나 자신이 언급되는 걸 원치 않
는다는 모호한 설명을 남긴 채 말이다. 그런 섬세함으
로 따지면 루이스 공작도 비슷한 듯했다. 사회적 지위
가 높다 보니 더 다양한 관점으로 고려할 게 많아 생
긴 섬세함이란 점만 빼면 말이다. 공작은 내가 본 것
이나 블랑슈플뢰르 공작부인이 어디에 있었는지에 대
해 아무것도 묻지 않았다. 또 런던 경찰청이 경위를
확인하러 오더라도 아내가 발견된 것에 대한 보고 외
엔 더 이상의 협조는 하지 않으리란 확신이 들었다. 공
작부인의 귀환을 알리는 머리기사가 신문에 실리긴
하겠지만, 뒤따르는 내용은 대부분 어림짐작으로 쓰

이리라. 셜록 홈즈는 라고스틴 박사처럼 이 사건에서 아무런 공로도 인정받지 못할 것이다.

나는 진흙이 묻지 않은 다른 마차를 타고 그곳을 떠나며 오빠 또한 어떤 인정도 바라지 않을 거라고 생각했다. 그 위대한 탐정의 모험에 관한 왓슨 박사의 글에서도 셜록 홈즈는 종종 사건의 해결에 대해 자신이 언급되는 것을 정중히 거절했다. 물론 이번 일에 대해 인정받길 바라지 않는 건 마이크로프트 오빠도 마찬가지였다.

셜록 오빠, 마이크로프트 오빠. 내게는 오빠들이 있었다.

이 얼마나 기묘하고, 정겹고, 편안한 느낌인가!

그러고 보니 오빠들에게 미행이라도 당할까 봐 굳이 마차를 엉뚱한 곳에 세우고 내린 뒤 여러 지하철역을 옮겨 다니느라 머리 쓰는 일도 없었다. 더는 그렇게 하는 게 피곤했다. 또한 놀랍게도 오빠들이 내가 사는 곳을 알아낸다 해도, 어느새 내가 더는 신경 쓰지 않는다는 걸 깨달았다. 요컨대, 나는 마부에게 곧바로 전문 여성 클럽에 데려다 달라고 말했다.

클럽에 도착한 후, 혹시나 접수실의 카펫을 더럽힐까 봐 옆문을 통해 갈지 걸음으로 들어간 다음, 위층 내 방으로 올라가 버터 바른 토스트도 먹고, 목욕도

하고, 세탁물도 내어놓았다. 그렇게 나는 거의 대부분 사람이 하루 일과를 시작할 무렵, 내 입으로 말하긴 민망하지만, 침대에 쓰러져 충분히 누릴 자격 있는 낮잠에 빠졌다.

20장

낮 동안 잠들어 있다 보면 뭔가 뒤죽박죽이 되곤 한다. 그날 오후도, 잠에서 깨보니 다시 어린아이가 된 것만 같고 몸도 영 찌뿌둥했다. 분명 생일날까지 죽 늘어져 자느라 좋은 선물은 물 건너간 게 분명했고, 한술 더 떠 엄마까지 어디론가 사라진 상태였다. 난 엄마를 찾아 비 내리는 펀넬 숲을 헤매다녔고, 그 바람에 내 니커바지(무릎 아래에서 홀치는 느슨한 반바지-역주)까지 홀랑 적셨다. 그런가 하면 난 기차역에서 오빠들도 만나야 했다. 그렇다, 내 오빠들 말이다! 정신이 오락가락해지는 것도 어찌 보면 당연했다. 전엔 오빠들을 만난 적이 없지 않은가! 난 오빠들이 엄마도 찾아주고, 나도 정말 많이 좋아해주길 바랐다. '이 젖은 니커바지를 입어선 안 돼. 머리도 좀 감아야겠어. 그나마 있는 하

얀색 드레스는 풀 얼룩투성이잖아. 아, 이러다 자전거
로 제때 — 기차역에 — 못 가면 어쩌지?'

자전거라고?

터무니없는 소리. 난 지난 1년 동안 자전거를 탄 일
이 없다. 런던으로 가는 동안 벨비디어의 시골 마을이
내려다보이는 언덕 위 잡목림 속에 버렸기 때문이다.

그때 문득 일어나 앉은 채 내가 지금 전문 여성 클
럽의 내 방에 있다는 사실을 인식하면서, 내 생일은 오
늘이 아닌 내일이란 걸 깨달았다. 어떤 의미에선 처음
으로, 그러니까 멋진 드레스를 입은 모습으론 처음으
로 오빠들을 만나야 할 듯싶었다. 그때 베갯잇에 갈색
자국이 남아 있는 게 눈에 들어왔다. 난 이 머리도 좀
감아야 했다.

정말 묘했다. 작년과 올해 사이에 평행선이 놓인 듯
뭔가 유사한 느낌이 들었다. 서비스를 받기 위해 벨을
울리려고 침대에서 내려왔건만, 마치 늦잠을 자는 바
람에 엄마가 떠나는 걸 보지 못한 그날로 돌아간 것만
같았고, 그래서 엄마를 찾아야 하고, 키네포드 마을의
경관에게 알려야 하고, 즉시 자전거를 타야 할 것처럼,
여전히 정신이 오락가락했다.

자전거.

다시 자전거가 떠올랐다. 이번엔 뭔가가 내 어깨를

톡톡 치는 듯했다.

엄마는 내게 자전거 타는 법을 가르쳐주느라 꽤 애를 먹었는데, 이제 와 생각해보니 그건 정말 놀라운 일이었다. 엄마는 평소 나에 대해 이래라저래라하는 스타일이 아니었기 때문이다. 엄마는 늘 "넌 혼자서도 아주 잘할 거야, 에놀라."라며 스스로 하도록 내버려두곤 했다.

음.

분명히 자전거 타는 능력은 엄마에게, 그러니까 서프러지스트이자 개혁가에겐 중요했다. 실제로, 잠옷 차림으로 차가운 바닥에 맨발로 서서 엄마와 나눈 여러 대화를 떠올려보니, 자전거가 엄마의 신념을 위한 일종의 상징이라는 깨달음이 왔다. 그러니까 자전거는 여성들에게 이동의 자유를 제공하면서도, 바지를 입은 남자와 똑같이 두 페달을 돌림으로써 저항을 드러내는 상징이었다.

엄마는 내가 여기 런던에서 자전거를 가지고 있다고 추측한 듯하다. 엄마는 아마 내가 여기서도 자전거를 타왔다고 생각한 듯하다.

오, 바퀴 달린 내 귀한 실마리들.

최근 몸이 허해진 느낌(변명 차원에서 최근 먹은 게 얼마나 적었는지 생각하면 그렇다)이 든 나는 침대의 가장

자리를 움켜잡으며 침대에 걸터앉았다.

자전거. 스키테일. 의심할 여지 없이 상당한 크기의 다양한 관형, 원통형 부분을 합해놓은 게 바로 자전거였다. 그뿐만이 아니다. 내가 본 많은 자전거를 생각해볼 때, 그 자전거들은 하나같이 거의 같은 치수의 금속 원통으로 되어 있는 듯했다.

확실히 시도해볼 만한 일이었다. 하지만 아직 스키테일을 처리할 순 없었다. 머리를 먼저 감아야 했기 때문이다. — 이 일은 난롯불도 필요하고, 많은 따뜻한 수건도 필요하고, 하녀의 도움도 필요했기에 꽤나 골치 아픈 일이었다 — 더군다나 한번 감은 머리는 몇 시간에 걸쳐 말려야 하기도 했다. 또한, 허리의 고통 때문에 난 거의 몸을 두 배 굽힌 상태로 머리를 감아야 했다. 고로 난 지금 기운을 회복하기 위해 뭔가 먹을 게 절실히 필요했다. 아무래도 식사 후엔 남은 하루 동안 할 일로 눈코 뜰 새 없이 바쁠 듯하다. 그런데, 거리의 배달 사환을 불러 세우는 것 말곤, 도대체 자전거는 어찌 구해야 할지 영 떠오르지 않았다.

하지만 머리를 아직 말리지 않은 터라 저녁을 먹은 뒤, 그러니까 맛깔스럽게 갓 구운 빵이며, 따끈한 셰퍼드 파이(으깬 감자 안에 다진 고기를 넣어 만든 파이-역주)며, 훌륭한 타피오카(카사바 나무에서 얻는 녹말 알갱이로

우유와 함께 요리해 디저트로 먹음-역주) 커스터드 한 컵
을 마신 뒤에 어찌할지를 좀 더 잘 생각해볼 수 있을
듯했다.

나는 잉크, 펜, 그리고 가장 좋은 필기 용지에 아래
와 같이 정성 들여 썼다.

사랑하는 오빠,
좀 이상한 생일 요청 같겠지만 이건 저뿐 아니라
오빠와 마이크로프트 오빠에게도 가장 중요한
일이에요. 혹시 제게 호의를 베풀고 싶으시다면
제가 예전에 타던 것과 비슷한 '조그마하고'
안전한 자전거를 몇 대 빌려서 티타임 때 제가
실험해볼 수 있게 해주었으면 해요.
오빠가 절 실망시키지 않으리라 믿어요.

애정을 듬뿍 담아
오빠의 말썽꾸러기 여동생 에놀라

나는 반송 주소 없이 셜록 홈즈 오빠의 주소만 적은   187
뒤, 배달 사환에게 맡기기보다 내가 직접 배달하기로
했다. 그러니까 트위드(간간이 다른 색깔의 올이 섞여 있는
두꺼운 모직 천-역주)로 만든 옷차림에 머리카락을 동그

랗게 말아 쪽을 진 다음 별 특징 없는 모자와 크고 어두운 안경을 착용해 독신녀다운 면모를 한껏 풍기면서 말이다. 내 모습은 차림이 차림이니만큼 늦은 시간 위험천만인 지하철에서도 주의를 끌지 않았다. 그렇게 베이커 가 221번지에 도착해 문틈에다 슬쩍 쪽지를 끼워 넣을 무렵, 그때는 모두가 잠자리에 든 상태였다. 아마 셜록은 아침에 그 쪽지를 받게 될 것이다.

정말로 내 열다섯 번째 생일날 아침이 돌아왔다.

  나는 오전 내내, 사실 거의 하루 종일 내 생일 티타임을 준비하며 보냈다. 나는 최신 유행의 짙은 보라색 네인숙(인도 원산의 부드러운 면직물-역주)으로 만든 절개(그야말로 어깨가 한껏 부풀린) 드레스를 입기로 결정했다. 이 드레스로 말할 것 같으면, 여름 날씨에 적합하면서도 비단처럼 사치스러운 옷으로, 아름답게 나풀거리는 질 좋은 면으로 만들어진 옷이었다. 그리고 나는 기꺼이 위험을 무릅썼다. 그러니까 평소 신뢰하던 가발을 쓰기보다, 전문 여성 클럽의 하녀 중 한 명에게 부탁해 갓 감은 내 머리를 매만져달라고 한 것이다. 한 용감한 여자가 이 위험한 도전에 선뜻 응하고는 내 머리카락을 윤기 나게 하기 위해 자그마치 오백 번이나 빗으로 빗겨주었다. 물론 머리카락은 뜻대로 되지 않고 사방팔방 뻗쳤지만, 그녀는 아랑곳하지 않고 물과 수많은 머리핀을 이용해 머리카락을 근사한 시뇽(뒤로 모아 틀어 올린 머리 모양-역주)으로 가다듬었다. 나는 얼굴에 색조 화장품을 조심스럽게 바른 뒤, 면 재질의 하얀색 주름 장식 안 소매와 칼라가 달린 진자주색 네인숙 드레스를 갖춰 입고, 모자와 드레스 상의를 노란색 산옥잠화로 장식했다. 그렇게 꾸민 모습을 전신거울에 비춰보며 머리끝에서 비둘기색 부츠에 서린 광택까지 점검을 마친 순간, 문득 놀랍다기보다 만족스러운 느낌이 들었다. 그 모습은 가히 마이크로프트 오빠마저도 숙녀답게 여길 만한 차림새였다.

덕분에 조금이나마 위안이 되었다. 사실 오늘 마이크로프트 오빠와의 만남 — 이럴 수가, 내가 오빠와 차를 마시다니! — 을 생각할 때 상당히 혼란스러웠기 때문이다. 살짝 아니, 그 이상 겁이 나기도 했다. 그날 희끄무레하게 동이 틀 무렵, 마이크로프트 오빠의 엄숙하고 지친 얼굴이며, 우리 둘 다 매우 피곤했던 상황이며, 내 감정이며, 집시가 한 말에 관한 내 생각을 고려할 때, 그때 그저 애정 어린 마음으로 오빠를 만나기로 동의한 게 얼마나 충동적인 결정이었는지 깨달았다. 그 결과 터무니없게도 지금 내 자유를 위험에 빠뜨리면서까지 불쌍한 양처럼 약속 장소에 가야만

한다. 약속을 했으니 지키긴 하겠지만, 그래도…… *잠 간만, 집시가 말한 미신까지 고려하다니, 정말이지, 에 놀라 너*…… 부츠와 어울리는 비둘기색 장갑이 눈에 띄었을 때 이렇게 스스로를 꾸짖은 나는 거울에 비친 모습을 한 번 더 점검하고 한숨을 한번 내신 뒤 마차를 타러 나갔다.

마차를 타고 이동하는 짧은 시간에도 초조한 마음에 손톱을 물어뜯으려는 날 보호해주는 건 장갑뿐이었다.

하지만, 마차가 베이커 가 221번지에 멈춘 순간, 내 생각은 완전 딴 데로 흘러갔다. 오빠의 숙소 앞 포장도로에 세워둔 꽤 인상적인 자전거들이 눈에 쏙 들어왔던 것이다.

길가엔 두 오빠도 서 있었으나, 내 관심을 끌진 못했다. 마부에게 돈을 지불하자마자 내 시선은 자전거 쪽으로 돌아갔기 때문이다.

"에놀라가 도대체 뭘 하려는 거지?" 마이크로프트가 물었다.

"에놀라가 원했던, 꼭 필요로 하던 자전거들이야." 어깨를 으쓱이며 대답하는 셜록의 목소리에 잘은 모르겠다는 뉘앙스가 담겨 있었다.

"이거예요!" 내가 뒤늦게 고개를 들어 오빠들에게

인사하며 소리쳤다. "잘 지냈어요? 마이크로프트 오빠, 셜록 오빠." 인사를 마친 나는 자전거의 핸들을 움켜잡고 더 잘 접근할 요량으로 앞으로 바퀴를 굴린 뒤, 스키테일을 확인하기 위해 장갑을 벗기 시작했다. "이 자전거는 엄마와 제가 타던 자전거와 아주 많이 닮았네요. 이것들 중 크기가 많이 다른 건 안 돼요. 하지만, 이건 먼저 한번 시도해봐야 할 듯해요." 나는 호주머니보다 안전하다고 여겨지는, 여성의 대형 가방과도 같은 가슴 쪽 공간에서 엄마의 암호화된 메시지, 스키테일을 꺼냈다.

"아하! 뭔가 생뚱맞지만 일리는 있군!" 셜록이 자신에게 곧잘 적용하던 표현을 에놀라를 향해 자상하게 내뱉었다.

나는 자전거에 열중하느라 마이크로프트 오빠의 대답은 듣지 못했다. 보아하니 핸들에서 페달을 향해 내려오는 긴 기둥이 스키테일일 가능성이 가장 높았다. 하지만 종이 중 한 조각을 그 기둥 둘레에 몇 번 휘감고 나니 잘 맞을 확률은 영 꽝으로 보였다. 순간 나도 모르게 부정적인 말이 툭 튀어나왔다.

"잘 안 되니, 동생아?" 순간 어깨 언저리에서 들려오는 남성적인 목소리에 화들짝 놀랐다. 오빠들이 내 뒤로 걸어온 사실도 깨닫지 못하고 있었던 것이다. 하지만 부드럽게 놀려대던 그 말이 셜록 오빠가 아닌 마이크로프트 오빠의 목소리였음을 깨달았을 때, 순식간에 짜증이 가라앉았다.

정말이지 오늘은 두 사람 중 셜록 오빠의 말이 더 잘난 척하는 듯 들렸다. "우리 어머니의 특성을 이 문제에 적용해서 분석해보면 말이지," 셜록 오빠가 거들먹거렸다. "어머니에게 자전거의 가장 중요한 부분은 자전거를 타는 사람이 자전거를 운전하는 메커니즘이지 않을까."

나는 오빠를 등지고 앉아 눈을 똑바로 뜬 뒤, 자전거 핸들에 붙어 있던 굵은 금속 기둥으로 시선을 옮겼다.

순간 셜록 오빠에게 짜증나던 일은 까맣게 잊었다. 그 원통에 스키테일을 감자마자 단어들이 형성되기 시작했기 때문이다. 하지만 자전거 핸들의 바로 아래 끝부분까지 종이를 감은 뒤에야 메시지를 완성할 수 있었고, 그렇게 한 뒤에도 겨우 몇 줄만 읽을 수 있을 뿐이었다.

192

……먼저 사람이 되지 않고는 엄마가 될 수 없다는 사실을 이해할 수 있길 바란다. 흔히 그러듯 가족, 남편, 아이들이 한 여자의 자아와 꿈을 훔치도록 허용해선 안 된다. 에놀라, 나는 내가 스스로에게 진실되지 않다면,

네게 줄 수 있는 모성 또한 전부 거짓이 되리라고
믿었다.

자전거 반대편에 웅크리고 있던 셜록 오빠가 원통
의 곡선을 따라 시선을 옮기며 계속 읽어 내려갔다.

내가 나라는 사람이 아닌 다른 사람이 될 순 없지만,
어쩌면 난 엄마가 되어선 안 될 사람이었던 듯싶다.
그런 맥락에서 너희 오빠들이 모두 독신이라는 것도
내겐 그다지 놀랄 일이 아니다.

"맙소사," 마이크로프트 오빠가 말했다. "꽤나 심각
한 서한이군. 메시지의 한 중간 정도 읽은 듯한데 다
른 세 장의 종잇조각이 더 있지? 어떤 게 먼저인지 확
인해볼 수 있을까?"

"그럴 거야." 셜록 오빠가 답했다. "그럼 형은 급사를
보내 연필과 종이를 좀 가져오도록 하고, 에놀라와 내
가 읽는 동안 좀 받아 적어주겠어?"

이렇듯 내 생일 '티타임'은 베이커 가 221번지 외곽
의 포장도로에서 시작되었다. 그 후 네 장의 종잇조각
을 가지고 마주하게 된 서투른 실수와 경험담에 관한
세부 내용은 독자의 추측에 맡기도록 하겠다. 그렇게

193

함께 공유한 한 가지 목표를 갖고 오빠들과 함께 일하면서 뜻밖의 만족감을 넘어 일종의 기쁨까지 느꼈던 건 사실이다. 하지만 마침내 우리가 엄마 메시지의 첫 부분을 찾았을 때, 이 행복감은 불시의 일격을 받았다.

사랑하는 에놀라,
네가 이 메시지를 받았다면, 그건 이미 내가 죽었다는 뜻일 거다.

21장

그때 소리 내어 메시지를 읽던 내 목소리가 흔들거렸다. 거리의 차량들은 언제나처럼 요란하게 덜거덕거렸지만, 우리 세 사람 사이엔 지독한 침묵이 흘렀다. 셜록 오빠도, 마이크로프트 오빠도 무슨 말을 해야 할지 모르는 듯했다. 아니면 오빠들은 사랑하는 동생에 놀라, 그러니까 내가 입을 열기를 기다리고 있었는지도 모르겠다.

"당연히," 내가 마침내 입을 열었다. "봉투며, 가장자리며, 둘러싼 부분의 숯 처리가 된 문양들과 감시자의 눈들은 집시들이 이 메시지를 전달하는 동안 스스로를 보호하기 위해 그려 넣은 것들일 거예요."

"집시들의 미신에 따라 죽음의 그림자를 피해야 했던 거군." 마이크로프트 오빠가 무뚝뚝하게 말했다.

"그럼, 그런 게야."

"에놀라," 셜록 오빠가 말했다. "유감이구나."

"아, 왜요?" 나는 자전거 바큇살을 통해 셜록 오빠에게, 바라던 바대로, 우스꽝스러운 얼굴을 지어 보이며 자축했다. "생일 축하해, 에놀라."

셜록이 눈을 돌려 급사에게 날카롭게 소리쳤다. "빌리, 이 자전거 말고 나머지는 주인에게 돌려줘도 좋아."

급사가 자전거를 치우는 동안에도 우리 셋은 계속해서 메시지를 읽고 써 내려갔다. 엄마의 작별 편지를 읽는 동안 계속됐던 우리의 역경에 대해선 친애하는 독자의 추측에 맡겨두겠다. 결국 마이크로프트 오빠가 기록한 편지의 전체 내용은 이랬다.

사랑하는 에놀라,

네가 이 메시지를 받았다면, 그건 이미 내가 죽었다는 뜻일 거다. 이 말이 갑작스럽고 잔인하게 들릴 수도 있겠다만, 그렇다고 이 말을 '더 나은 곳으로' 갔다거나 흔히들 쓰는 상투어로 누그러뜨리진 않았으면 한다.

너는 교육받은 여성이자 자유주의자인 내가 사후 세계를 믿지 않는다는 걸 알 것이기 때문이다. 내가 여성의 권리를 그토록 열렬히 옹호해온 한 가지 이유는, 한 사람의 인생은 그 사람이 가질 수 있는 유일한

삶이며, 사람이라면 그 삶을 최대한 제대로 잘 살
권리가 있다고 확신하기 때문이다.

내가 널 떠난 건 — 그래, 난 널 버렸고, 그에 따른
응당한 죄책감을 느끼고 있다는 걸 믿어줬으면 한다
— 바로 이런 나의 결연한 의지 때문이었다. 사실 나는
이 계획을 1~2년 더 지체할 생각이었지만 복부의
암이 엄청난 속도로 커지고 있었고, 더는 기다릴 시간이
없다는 걸 깨달았단다. 에놀라, 넌 항상 네 나이보다
현명했다. 그래서 난 네가, 먼저 사람이 되지 않고는
엄마가 될 수 없다는 사실을 이해할 수 있길 바란다.
흔히 그러듯 가족, 남편, 아이들이 한 여자의 자아와
꿈을 훔치도록 허용해선 안 된다. 에놀라, 나는 내가
스스로에게 진실되지 않다면, 네게 줄 수 있는 모성
또한 전부 거짓이 되리라고 믿었다. 내가 나 아닌 다른
사람으로 태어날 순 없지만, 어쩌면 난 결혼하고 엄마가
되어선 안 될 사람이었을 듯싶다. 그렇기 때문에 너희
오빠들이 하나같이 독신이라는 것도 내겐 그다지 놀랄
일도 아니다. 어쩌면 너도 부모가 되지 않으려 할 테고,
어쩌면 그게 최선일지도 모르겠다.

아무튼, 나는 어릴 때부터 평생 집시들의 단순한
자유를 경험하고 싶어 했단다. 난 그들의 화려하고
편안한 복장이며, 노래하듯 연주하고 다니는

바이올린이며, 머리를 치켜들고 달리는 말들이며, 즐거운 웃음소리며, 엉뚱한 규칙에 대한 자부심을 사랑한단다. 집시들이 벌이는 도둑질은, 너도 예상하다시피, 내게 전혀 문제가 되지 않는단다. 그들도 나만큼이나 반항심이 넘쳤던 거지. 법적인 관점에서 본다면, 널 떠났을 때 나도 이미 도둑질을 했음을 이젠 너도 확실히 알 거다.

그런 방식이나마 난 이기적으로 내 꿈을 추구했단다. 하지만 미미하게라도 변명해보자면 난 널 염두에 두고 있었단다. 그러니까 네가 검은 크레이프(주로 상복·상장喪章 따위로 쓰는 쭈글쭈글한 검정 비단-역주) 차림으로 사회의 개탄스럽고 부담스러운 애도 의식에 참석하는, 그야말로 멜로드라마같이 뻔한 일을 겪지 않기를 바랐지. 또한, 난 네 불쌍한 아버지의 운명, 곧 교회 경내의 평판 돌로 만든 묘지에 묻히는 것도 피하고 싶었단다. 나는 그저 자유로워지고 싶었어. 내 삶에서 누리는 자유 말이지. 그리고 이제 내게 남은 건, 죽음에서 누릴 자유란다.

198

소위 합리주의자인 내가 손금 보기에서부터 사후세계에 이르기까지 온갖 허튼소리를 열렬히 믿는 자들과 함께 여생을 보내기로 했다는 게 얼마나 아이러니해 보일지 안다. 하지만 이런 미신에도 불구하고 집시들에 대한 내 애정을 줄일 수 있는 건 아무것도 없단다. 집시들은 거의 날 신처럼 대하고 있어. 죽어가는 날 위해 특별히 텐트도 세워주었지. 물론 날 만지는 사람들은 나중에 정화 의식을 받아야 하지만, 난 지금 극진한 보살핌을 받고 있단다. 그들은 날 위해 새 신발도, 새 옷도 지어주고 있어. 그렇게 난 곧 죽음을 맞기 위해 필요한 모든 걸 가지게 될 거란다. 내가 땅에 눕는 순간엔 부적과 동전도 뿌려줄 거고, 틀림없이 내 페인트 붓도 나와 함께 묻어줄 거다. 만일 내가 말이나 나만의 이동식 움막도 가지고 있었다면, 내가 죽은 뒤에 그 움막도 불태우고 그 말들도 나와 함께 저승길로 보내주겠지. 하지만 내겐 이것들이 없기에 집시들은 아마 말과 이동식 주택 모양의 화환을 만들어 내 무덤 위에 놓아줄 테고, 그렇게 되면 그 화환들은 바람이 부는 곳으로 훨훨 날아갈 거다. 그 후, 하루 안에 그들은 날 남겨둔 채 자신들만의 떠돌이 여행을 계속할 테고, 노래도 계속 부를 거다.

설명이 쉽진 않지만 내겐 이 모든 게 매우 아름다워 보인단다. 너한텐, 아마도 그렇지 않겠지. 나는 내가 저지른 일을 네 관점에서 보려고 노력했고, 분명 네게 고통을 주었단 사실을 인지하고 있단다. 에놀라, 넌 엄마로서 내가 어떤 마음으로 널 대했는지 궁금했을

199

거야. 나 자신도 과연 내가 줄 수 있는 모든 양육을 베풀었는지 의문을 품기도 했으니까. 하지만 다행히도, 그 의문에 대한 답은 '그렇다'란다. 나는 온 마음으로 널 사랑했고, 내 방식대로 널 사랑했단다. 역설적인 건, 다른 엄마였다면 네게 더 따뜻한 사랑을 주었을 것이라는 점이야. 하지만 네가 다른 엄마의 딸이었다면, 넌 에놀라가 아니겠지.

에놀라 유도리아 하다사 홈즈, 진정 자랑스러운 내 딸아, 내가 이 편지를 쓰는 이유는 내가 네게 진실을 빚졌기 때문이야. 네 오빠들에겐 빚진 것이 없다. 하지만 난 네 오빠들의 업적을 기뻐하며, 만약 가능한 때가 온다면, 너도 이 편지를 오빠들과 공유했으면 한다.

이 편지에 날짜는 넣지 않으려 한다. 내 죽음에 대한 기념일 따윈 바라지 않기 때문이지.

보통 죽은 사람은 남겨진 사람들의 기억 속에 '살아 있다'고들 하더구나. 물론, 어떤 의미에서도 살아 있고 싶은 생각은 없다만, 그래도 난 네가 날 너무 나쁘게 생각하진 않으리라 믿는다.

너의 엄마, 유도리아 버넷 홈즈

이 편지에 대한 우리의 반응은 서로 달랐다. 셜록 오빠는 갑자기 남은 자전거를 주인에게 돌려줘야 한다며 그 자전거를 타고 가버렸고, 마이크로프트 오빠는 날 위층으로 에스코트해주고 칭찬을 퍼붓더니 시뻘게진 얼굴로 내려가서는 차를 달라고 호통쳐댔다. 음, 나에 관해선, 내가 눈물 한 방울 흘리지 않았다면, 아마 사람도 아닐 것이다. 특히 레지날드 콜리가 끈에 묶인 채 전폭적이고도 사심 없는 애정으로 날 향해 달려들었을 때 울지 않았다면 더더욱 그렇겠지…… 당시 난 소파에 주저앉아 털북숭이 목덜미에 얼굴을 파묻고 눈물을 흘렸다. 엄마가 레지날드처럼 살가웠다면 참 좋았을 텐데.

이런 상황에 그런 터무니없는 생각이나 하고 있다니 문득 울다 말고 피식 웃을 뻔했다. 이런, 에놀라, 난 스스로를 꾸짖고는 코를 풀려고 일어나 앉았다. 사실상 난 엄마에게 받은 것도 많았고, 엄마가 바라는 대로, 엄마를 그다지 나쁘게 생각하지도 않았다. 여성 참정권론자이자 말썽투성이의 엄마 유도리아 홈즈는 내게 모범이 되어주었고, 용기를 북돋아 지금의 나, 에놀라가 되도록 한 분이다.

또다시 내 눈이 젖어 있는 걸 본 마이크로프트 오빠가 못마땅한 듯 쯧쯧 혀 차는 소리를 연달아 내더니 주머니를 뒤지기 시작했다. 하지만 난 제비꽃으로 수놓은 앙증맞은 손수건을 들어 보이며 미소 짓는 얼굴로 "가끔은 손수건을 갖고 다니기도 해요."라고 오빠에게 말했다.

"거의 쓸모는 없겠다만," 오빠가 툴툴거렸다. "어쨌든 손수건의 목적은 달성한 거 같구나."

나는 더 이상 울고 싶지 않았다. 오히려 마이크로프트 오빠와 같은 방에서 두려움 없이 앉아 있는 나 자신에 놀랐고, 오빠를 다정하고 즐겁게 대하고 있는 날 불편해하는 오빠의 모습에 놀랐다.

"대체 셜록은 어디 있고, 빌어먹을 차는 또 어떻게 된 거야?" 마이크로프트 오빠가 투덜거렸다.

뭘 하든 우리에겐 우선 마실 차가 필요했다. 차를 들여오자 마이크로프트 오빠가 차를 따르며 생일 케이크 한 접시를 내게 건넸다. 내가 한 조각을 먹자, 오빠가 불쑥 말했다. "에놀라, 네 생일을 좀 더 행복하게 만들 일은 이제 전적으로 나한테 달린 것 같구나."

"오빠 이미⋯⋯." 내가 말하려 하자, 오빠가 선수를 쳤다.

"내가 말하마. 우선, 미안하다."

"그러지 않아도 돼요!" 순간 나도 모르게 울음이 터져 나왔다.

"조용히 내 말을 들으렴. 여학생 기숙학교라는 말을 어디서 주워듣고는 네게 그곳에 대해 언급해서 미안하다. 최근 알게 된 사실로 보자면, 난 더 이상 널 그런 곳으로 보내고 싶지 않다. 게다가 난 그동안 널 너무 과소평가한 것에 대해 후회하고 있단다. 우리가 처음 만났을 때, 그때 난 널 당시 상황에서 벗어나게 해야겠다고, 비쩍 말라 방치된 이 아이를 구해내야 한다고 생각했단다. 정말이지 내가 감당하고 책임져야 할 아이로 여겼단다. 하지만 그 후 네가 보여준 행적은, 물론 때론 터무니없다고 여길 때도 있었지만, 내가 상당히 오해했다는 걸 입증해줬단다." 대체로 다도 도구들을 쳐다보며 말하던 오빠가 갑자기 빳빳하고 수북한 눈썹 아래로 날 뚫어져라 쳐다봤다. "너에게 해를 끼칠 생각 따위는 전혀 없었다는 걸 이해해주기 바란다."

"물론 해를 끼칠 생각은 없었겠죠. 그저 자신의 의무라고 생각한 일을 하려 했던 거니까요." 그 순간 문득 우리가 마치 외교 협상과도 같은 협의에 돌입할 거란 직감이 들었다. 여전히 내게 법적 권한을 쥐고 있고, 여전히 나에 대한 책임을 느끼고 있는 마이크로프트 오빠가 말 그대로 날 붙잡기로 할 수도 있는 이 마당에, 날 구할 수 있는 셜록 오빠는 코빼기도 안 비치고 있었다. 하지만, 왜 그런진 몰라도, 난 조금도 두렵지 않았다.

마이크로프트 오빠가 고개를 끄덕였다. "아직도 내가 의무로 여기고 있는 건 말이다, 에놀라, 바로 네가 안전한 곳에서 사는 걸 보는 거란다."

"전 전문 여성 클럽에서 하숙하고 있어요." 이번에도 왜 그런진 몰라도, 더는 마이크로프트 오빠에게 내 행방을 숨길 필요가 없다고 확신하며 말했다.

순간 놀란 오빠의 눈썹이 치켜 올라갔다. "그래, 그곳은 런던에서 가장 안전한 곳이지. 그렇지만 비용은! 우리의 친애하는, 그치만 엉큼한 어머니가 네게 마련해줬을 그 돈⋯⋯."

"전 그중 일부를 하숙집에 투자했어요," 내가 오빠에게 말했다. "그리고 그 임대료는 제 욕구를 꽤 잘 채워주고 있죠."

"맙소사!" 마이크로프트 오빠가 소리쳤다. 때마침 셜록 오빠가 들어왔고, 레지날드 콜리가 큰 소리로 짖으며 뛰어올랐다. "셜록, 들었니?" 물론 셜록 오빠는 레지날드 때문에 아무것도 들을 수 없었다. 그러자 마이크로프트가 마치 물레방아 바퀴 같은 육중한 기세로 셜록을 향해 몸을 돌렸다. "에놀라가 전문 여성 클럽에서 기거하고 있다는구나! 하숙집도 소유하고 있는데 그 임대료로 먹고살고 있고!"

"뭐, 놀랄 일도 아니잖아, 친애하는 마이크로프트 형," 고된 하루를 보냈다는 듯 의자에 털썩 주저앉은 셜록이 자신이 마실 차를 따랐다. "형도 에놀라한테 그런 능력이 있단 걸 이미 예상했잖아. 사실 형이 지금껏 말해왔던 게 상당히 적중한 셈이지."

"무슨 소리야?"

"에놀라가 실종자를 찾는 사업을 하고 있다고 형이 추측했잖아." 컵을 손에 들고 돌아앉은 셜록 오빠가 의아한 표정으로 날 쳐다보았다. "에놀라, 혹시 네가 소유하고 있는 하숙집 건물에 사이언티픽 퍼디토리언 라고스틴 박사의 사무실도 있지 않니?"

안타깝게도 내 미소 때문에 더 이상 아무것도 숨길 수 없었다.

"셜록, 언제부터 다 알고 있던 거니?"

"루이스 델 캄포 공작에게 공작부인이 좀 괜찮은지 물으러 갔을 때부터지. 그때 공작부인을 발견한 공로가 라고스틴 박사에게 있다고 공작이 말해주더군." 셜록 오빠는 차를 마시고서 단번에 피로가 싹 가시기라도 한 듯 반짝이는 눈과 크고 활력 넘치는 목소리로 말했다. "잘나가는 이 아이가 이젠 내 경쟁상대라고, 마이크로프트 형!"

무슨 말인지 도통 알아듣지 못하던 마이크로프트

오빠가 짜증을 내며 말했다. "셜록, 좀 더 알아듣기 쉽게 말해줄 순 없겠니?"

하지만 셜록 오빠는 내게로 눈길을 돌리며 물었다. "에놀라, 아이비 메셜리가 라고스틴 박사의 조수로 일했지?"

내가 한숨을 쉬며 말했다. "아뇨, 단지 그의 비서로 일했을 뿐이죠. 그 후 저는 자체적으로 저 자신을 조수로 승진시켰어요. 다른 이름을 달고요."

그제야 대화의 맥락을 이해한 마이크로프트 오빠가 일어나 앉아 날 주시하며 말했다. "그러니까 라고스틴 박사는 네가 만들어낸 가공의 인물이구나?"

"맞아요."

"너 스스로 실종자를 찾는 데 전념할 수 있도록?"

잠시 동안 난 대답을 할 수 없었다. 목 아래에서부터 따뜻한 뭔가가 울컥 치밀어 오르는 게 느껴졌기 때문이다. 내게 두 오빠의 시선이 고정됐고, 각 시선엔 자신들의 누이를 이해하고 싶어 하는 간절한 열망이 느껴졌다. 바로 그 순간, 왜 내가 더는 오빠들을 두려워하지 않는지 깨달았다.

오빠들은 날 아끼고 있었다.

그리고 사실 나도 오빠들을 아꼈다.

이 얼마나 ― 그 어떤 생일 케이크보다 ― 기쁘고,

만족스럽고, 달콤한 일인가.

덕분에 나는 오빠들에게 속마음을 털어놓을 수 있었다. "그래요, 실종된 사람들이나 물건들을 찾는 일을 했어요. 처음엔 엄마를 찾으려고 했죠. 하지만 그 일은 계속 미뤄졌고……."

"현명해." 마이크로프트가 고개를 끄덕이며 말했다.

"사람은 자신을 잘 알아야 하지." 셜록이 부드럽게 말했다. "스스로 얼마나 감당할 수 있는지, 무엇을 견뎌낼 수 있는지."

잠시 동안 우리는 모두 조용히 앉아 있었다. 아마도 우리 셋은 그동안 우리가 사랑한 어머니, 그리고 우리의 모습 그대로 재능을 발휘할 수 있게 해준 어머니를 떠올리고 있었던 것 같다.

마이크로프트 오빠가 먼저 입을 열었다. "자, 에놀라. 이젠 뭘 해야 할까? 사랑하는 우리 어머니도 아마 이 점을 언급했을 텐데, 어떻게 해야 내가 널 잘 '양육'하고, 죽을 위험에 내버려 두지 않으면서도 더는 네 원한을 사지 않을까? 셜록 말로는 네가 고등 교육을 받고 싶어 한다던데."

"그러고 싶어요," 나는 인정했다. "그리고 기분전환 겸 석유 냄새도 없고, 뿌연 공해도 없는 신선한 공기를 좀 마시고 싶어요."

"런던을 떠나 휴가를 좀 갖고 싶은 거니?"

"잠깐 동안요. 아마도 펀델에서 몇 주 정도요." 멍하니 쓰다듬어주던 내 손길을 느끼며 레지날드 콜리가 내 스커트에 다정하게 몸을 기댔다. "그리고 레이디 세실리 알리스테어도 만나고 싶어요. 어떻게 지내는지, 혹 친구가 될 수 있는지도 알고 싶고요. 어쩜 여성 학자가 되는 일도 함께 하자고 할지 모르겠네요."

"아주 좋은 생각이구나." 세실리에 대한 내 애정을 어느 정도 알고 있던 마이크로프트 오빠가 말했다. "그다음엔?"

"차차 알려드릴게요. 지금은 생각할 시간이 좀 필요해요. 하지만 친애하는 오빠들이……" 내가 일어나 앉자, 순간 매의 회색 눈같이 날카로운 두 시선이 내게 꽂혔다. "제발 제가 평범한 여자가 될 거라는 환상 따윈 버려주세요. 잃어버린 걸 찾는 일은 제 열정이자, 제 삶의 소명이에요. 저는 퍼디토리언(이 단어의 어원은 '잃어버린'이라는 뜻의 라틴어 '페르디투스perditus'로 퍼디토리언은 곧 잃어버린 것을 직감으로 찾는 사람이라는 의미-역주)이에요."

208

"대단하네!" 셜록 오빠가 소리쳤다.

"정말 특이해." 마이크로프트 오빠가 체념한 어조로 툴툴거렸다.

"에놀라," 누구나 알아차릴 만큼 잔뜩 감정을 담아 셜록 오빠가 말했다. "사랑하는 내 누이야, 진정으로 말하는데, 무엇이든 네가 원하는 대로 하렴. 사실 난 이미 나름대로 네가 지닌 재능 — 누구도 알지 못했던 열정 — 에 상당히 빠져 있단다. 정말로 난 네 다음 행보가 무척이나 기다려져."

셜록, 의문의 소포에서 어머니의 흔적을 발견하다!

집사 레인 씨의 전갈을 받고 펀델 홀로 부리나케 달려온 셜록. 이런 셜록을 반바지 입던 꼬마 때부터 알아온 레인 부부는 감개무량한 심정으로 두 팔 벌려 환영한다. 하지만 부부의 맘을 아는지 모르는지, 셜록은 여느 때처럼 감정을 드러내지 않는 채, 사실상 자신을 펀델로 불러낸 주체인 정체불명의 소포에만 관심을 기울인다.

사실 소포라기보단 평범한 봉투인 이 물건. 그런데 이 물건의 겉면은 소름 끼치게도 온통 검은색의 조잡한 문양으로 뒤덮여 있었고, 직사각형의 네 변은 지그재그, 나선, 곡선 등 짙은 선들로 둘러싸여 있었으며, 네 모서리엔 하등 생물의 눈 같은 아몬드와 원 문양이 있었는데…….

뼛속까지 치밀한 추리력으로 무장한 대탐정이라서
일까? 그러잖아도 봉투를 면밀히 살피던 셜록은 이내
이 낯선 소포에서 친숙한 이의 흔적을 찾아낸다. 그 소
포는 바로 실종된 지 거의 일 년이 돼가는 유도리아
버넷 홈즈 여사, 바로 자신의 어머니에게서 왔던 것.

"(……) 두 분은 이 그림을 볼 때 어떤 느낌이 드나요?"
　　두 사람이 다소 당혹스러운 듯 서로 쳐다보더니 레
인 씨가 대답한다. "아주 아름다우면서도 섬세한 꽃
그림으로 보이는데요."

"국화죠." 셜록이 불쑥 끼어든다.

"녹색 화환 가운데 있는."

"담쟁이덩굴도 보이고요." 셜록이 훨씬 더 퉁명스러
운 어조로 말한다. "혹 두 분 중 이 화가의 스타일이
낯익은 사람 있나요?"

　　순간 침묵이 흐른다. 레인 부부의 표정이 눈에 띄게
슬퍼 보인다.

"저……" 마침내 레인 부인이 입을 뗀다. "생각해보
니……" 하지만 그게 누군지는 언급할 수 없는 눈치다.

"도련님, 저희가 뭐라 할 사안이 아니라서요." 레인
씨가 말한다.

"왜들 이러세요." 셜록의 어조에 매우 불편한 기색이 드러난다. "저뿐 아니라 두 분 다 저게 어머니의 작품이란 거 다 아시잖아요." (P.14~15)

"어머니에게선 몇 달 동안 연락이 없었어요. 그런데 왜 이제야 이런 소포를 보내오신 걸까요?" 셜록의 가느다란 손가락이 마치 소리 없는 드럼이라도 두드리는 듯 갈색 종이봉투를 두들겨댄다. "게다가 이 안엔 또 뭐가 들었을까요?"

레인 씨가 말한다. "도련님, 편지 칼을 가져올까요?"

"아뇨, 그럴 순 없죠." 소위 신사라면 남의 편지를 엿보거나 할 순 없는 노릇이다. "에놀라에게 온 편지겠죠." 옆에 앉은 레지날드가 경계하며 일어선 것처럼, 셜록 홈즈도 돋보기 렌즈를 주머니에 넣으며 경계하듯 일어선다. 셜록의 모습이 마치 냄새라도 맡은 경찰견 같은 모양새다. "이걸 런던으로 가져가서 에놀라에게 전해야겠어요."

레인 부부도 가만히 서서는 셜록을 바라본다. 집사 레인 씨가 의심스러운 목소리로 말한다. "그런데 셜록 도련님, 아가씨의 소재는 알고 계시나요?"

"예." 탐정의 예리한 눈빛이 빛나며 입가에 미소가 감돈다. "예, 알 것 같아요." (P. 17)

여섯 살짜리 허리의 주인공, 절세미인 공작부인의 실종!

늘 그렇듯, 에놀라 엄마의 실종 사건과는 별도로, 이번 이야기 편에서도 또 하나의 궁금증을 자아내는 사건이 등장한다. 바로 카탈로니아 왕족 혈통의 듀케이 루이스 올랜도 델 캄포 공작이 절세미인 아내, 사라진 공작부인을 찾기 위해 라고스틴 박사의 사무실을 황급히 찾았던 것. 공작이 말하기를, 부인은 참으로 어이없게도 여느 때처럼 시녀들과 산책을 하다가 부지불식간에 사라졌단다. 공작 말마따나, 에놀라가 볼 때도 이일은 참으로 어이없는 일이었다. 다만, 에놀라로선 사라진 아내를 설명하던 공작이 왜 그렇게 아내의 가녀린 미모에 대해 시적인 표현을 서슴지 않았는지 살짝 당황스럽긴 했다. 대체 그 고귀한 태생의 여리여리한 미녀 블랑슈플뢰르 공작부인은 어디로 사라진 걸까?

남성은 내가 묻기도 전에 내 말을 끊고는 더욱 힘주어 말했다. "내 아내는 가냘프고 여리여리한 미녀, 그러니까 연약한 여성성 위에 핀 섬세한 꽃 같은 자태로 명성이 자자한 고위층 레이디 블랑슈플뢰르입니다."

"그렇군요," 아무리 아내 이름이 프랑스어로 '하얀 꽃'을 뜻하기로서니 공작이 내뱉는 이런 시적인 묘사에 순간 당황한 내가 중얼거렸다. "공작부인이 실종되어 정말 유감입니다."

"우리는 아내가 평소처럼 시녀들과 산책을 즐기다가 어이없이 납치당했다고 믿고 있소." 검은 머리카락 밑으로 드러난 공작의 얼굴이 이제 평정을 되찾은 듯 완연한 흰색을 띠었다. (P. 27)

사실 공작부인의 가녀린 외모를 두고 지나친 칭찬을 쏟아내던 공작의 모습은, 당시 아름다움의 상징이지만 실상은 여성의 신체를 잔인하게 위축시키기만 한 '코르셋'에 대한 무지의 소치를 단적으로 보여주는 예다. 아울러 이는 이야기 후반부에 공작부인이 왜 그렇게 처절한 상황에 놓일 수밖에 없었는지를 가늠케 하는 복선이자 단초이다. 바로 악당으로부터 도망쳐야 할 절호의 기회에서조차 이제 코르셋 같은 끔찍한 고문 장치 없인 혼자 앉을 수도, 설 수도, 걸을 수도 없게 된 변형된 몸을 에놀라 일행에게 그대로 노출했던 것.

"부인, 일어나 앉는 것을 좀 도와드려도 괜찮을까요?"

214

"아, 아뇨. 아니요, 전 일어나 앉을 수도, 서 있을 수도 없어요. 그러니까 혼자선 안 돼요." 그녀가 충격을 받은 듯, 마치 일어나 앉거나 혼자 서는 일이 외설적인 일이라도 되는 양, 약간 숨 가쁜 어조로 말했다. "누군가 날 데리러 오지 않으면 안 돼요……."

그녀의 말이 계속해서 이어졌고, 그 가운데 얼굴이 붉어지는 당혹감이 읽혔다. 공작부인은 오빠들로부터 눈을 돌려 애원하듯 날 바라봤다.

"뭐라고요?" 마이크로프트 오빠가 그나마 평소보다 훨씬 덜 무뚝뚝한 목소리로 물었다. "도대체 뭐가 필요하신지요?"

마이크로프트 오빠의 물음에 움찔한 그녀가 내게 귓속말로 속삭였다. "전 기어 다니려고 했어요. 하지만 그것마저도…… 무리였죠. 허리가……."

이윽고 난 컬헤인 중고매장에 걸려 있던 끔찍한 코르셋이 생각났다.

블랑슈플뢰르는 어렸을 때부터 그런 코르셋을 입고 다녔다고 그녀의 하녀들이 내게 말해줬었다.

정말로, 나는 여섯 살짜리의 허리를 가진 여성을 내려다보고 있었다. 이런 실제 사례를 본 적은 없지만, 엄마가 자신이 지니고 있던 『의상 혁명 저널』에서 그런 사례 ─ 그런 불구가 된 사례 ─ 를 내게 읽어준 적이 있다.

"맙소사!" 비록 이 불운한 부인한테는 아니었지만, 갑자기 울분이 치밀었다. 나는 그녀의 반듯이 누운, 변형된, 기형적인 몸 맞은편에 있던 오빠들을 노려보았

다. "분명히 공작부인은 최고의 기숙학교로 보내졌겠
죠, 마이크로프트 오빠!"

"대체 지금 이 상황이……."

"이분의 허리가 오랫동안 너무 조여진 바람에……"
순간 신체가 위축되었다는 말은 떠오르지 않았고 그
바람에 더욱 화가 치밀었다. "이분은 온 힘을 오로지
의복에만 내맡긴 채 생활해온 터라 이제 코르셋 같은
끔찍한 고문 장치에 둘러싸여 있지 않으면 앉을 수도,
설 수도, 걸을 수도 없게 된 거예요!"(P. 165~167)

절체절명의 순간에 영락없이 마주치는 남매들, 이번엔 고양이?!

그간 에놀라와 오빠들 간 알콩달콩 밀당 관계는 이야
기 편을 거듭할수록 발전된 모습을 보여왔다. 특히, 지
난 3권에선 에놀라를 못 잡아먹어 안달이던 마이크로
프트가 성정에 적잖은 변화를 일으키더니, 4권과 5권
에선 에놀라와 밀당을 넘어 따뜻한 혈육의 정을 싹 틔
우던 셜록이 에놀라를 '어디로 튈지 모르는, 기숙학교
가 제격인 아이'가 아닌 '있는 그대로의 에놀라'로 받
아들여줄 가능성까지 시사했던 것.

이런 남매간의 진전된 관계와는 별도로 에놀라 시

리즈에 꼭 등장하는 또 하나의 관전 포인트가 있다. 바로 절체절명의 순간이면 영락없이 등장하는 톰과 제리의 쫓고 쫓기는 웃픈 광경. 이번 이야기 편에서도 에놀라는 사라진 공작부인을 조사하기 위해 공작 저택에 들렀다가 현관에서 익숙한 목소리와 맞닥뜨린다. 원수(?)는 외나무다리에서 만난다더니, 하필 그 저택의 하나밖에 없는 출구인 현관이라!? 하지만 위기의 순간마다 동물적 기지를 발휘해 돌파구를 마련한 그녀답게, 이번에도 에놀라는 포복절도의 장면을 연출하며 유유히 현장을 빠져나간다. 다만 이번엔 그 돌파구가 고양이란다!

순간 감정에 앞서 내 눈은 이미 필요한 걸 찾았고, 내 손은 그걸 집어 들었다. 그러니까 난간을 서성이던 두세 마리의 고양이를 발견한 나는, 사자 빛을 띤 커다랗고 유연한 녀석의 배 밑으로 한 손을 넣어 옆구리에 꼈다. 그러고는 두 손가락으로 가방을 걸쳐 들고, 다른 한 손으로 고양이가 얌전히 있도록 녀석의 구불구불한 머리털을 쓰다듬었다.

수선을 떨며 엄청난 속도로 날 앞질러가던 새틴 차림의 메리는 셜록 홈즈에게 열중하느라 내 손에 고양이가 들려 있는 것도, 우리가 1층에 다다른 후 (비단 그녀뿐 아니라 그 누구도) 내가 고양이를 높이 쳐든 것도 보지 못했다.

대체로 동물에게 친절한 편이긴 했지만, 순간 나는 고양이의 분노지수를 최대한 끌어올리기 위해 그 불쌍한 작은 고양이의 꼬리를 잡고 잠깐 들어올렸다 흔들어댄 후 모자걸이 위로 (감히 말하건대 감탄할 만큼 정확하게) 내동댕이쳤다.

그렇게 주의를 딴 데로 돌리는 일은 무모했지만 기대 이상으로 성공적이었다. 그 불쌍한 고양이는 방금 소에게 발길질 당한 우유 짜는 여자마냥 꽥하고 날카로운 소리를 내질렀고, 아래로 미끄러지듯 착지하면서 왁스 칠한 나무 마루를 발톱으로 마구 긁어댔다. 그렇게 고양이는 오빠의 실크해트며, 장갑이며, 지팡이를 건드려 바닥에 떨어뜨렸고, 그 와중에 테이블도 덩달아 넘어졌다.

모두의 시선이 나에게로 쏠릴 때쯤, 나는 쿵 하는 굉음을 들으며 슬며시 문밖으로 빠져나갔다. 바로 그때 누군가 고함치는 소리가 들려왔다. 아마도 공작인 듯싶었다. "저 빌어먹을 고양이!" 툭하면 물건을 부수고 돌아다니는 고양이에게 공작이 으르렁거렸다. 안타깝게도 난 이 광경을 더 전할 수가 없다. 대체로 난 이런 광경이 펼쳐질 때 도망가고 있기 때문이다. (P. 54~56)

드디어 홈즈 삼남매, 어벤저스로 뭉치다!

고민 끝에 개의 후각을 이용해 사라진 공작부인을 찾 겠노라 마음먹은 에놀라. 하지만 그러려면 셜록 오빠 와 오빠가 솔로몬 섬 주민들을 추적할 때 썼던 스패니 얼 견, 토비의 도움이 절실했다. 결국 에놀라는 셜록 에게 연합을 제안하고, 그동안 둘 사이에 화해 무드가 진행된 만큼 셜록은 흔쾌히 수락한다. 하지만 수락의 조건이랍시고 내세운 내용이 걸작이다. 참으로 부담 스럽게도 마이크로프트 형도 함께할 거라는 셜록…….

사실, 에놀라한텐 조금 미안하지만, 난 이 대목에서 부담이나 우려보단 기대감이 싹텄다. 촌철살인 대탐 정 셜록, 그의 만만치 않은 형이자 영향력 있는 정부 관리 마이크로프트, 그리고 좌충우돌 모험 가운데 셜 록의 감탄마저 자아낸 소녀 탐정 에놀라, 이 셋이 뭉 친다면 뭐가 돼도 확실히 될 거란 예감이 팍팍 들었기 때문이다. 이를테면, 홈즈 집안사람으로 구성된 고전 판 어벤저스라고나 할까?

아니나 다를까? 그렇게 우여곡절 끝에 뭉친 세 사람 은 정말 기대한 바대로 '피는 물보다 진함'을 여실히 입증하며, 공작부인을 죽이려던 악당의 무시무시한 칼날 앞에서 그야말로 화끈한 대활약을 펼쳐 보인다.

"안 돼!" 나는 소리를 지르며 토비의 목줄을 풀어준 뒤 이미 무모할 대로 무모해진 속도를 더욱 높여 악당을 향해 질주했다. "멈춰!" 재빨리 그쪽으로 돌진했지만 아직 거리가 있어 소리치는 것 외엔 딱히 악당을 막을 방도가 없었다. (……) 순간 악당이 날 알아채고는 위협했다. "또 너야. 넌 죽었어."

(……) 극악무도한 자의 손에 들린 칼이 무방비 상태의 내 목을 향해 휙 날아들었다. 하지만 그 결정적인 순간, 악당의 손에는 엄청난 힘이 실린 지팡이가 내리쳐졌고, 외마디 비명과 함께 악당이 손에 쥐었던 무기가 땅으로 내팽개쳐졌다. 다음 순간, 셜록 오빠는 그자의 등 뒤로 두 팔을 비틀고는 그 보잘것없는 악당의 몸을 단단히 붙잡았다.

나는 입을 열어 셜록 오빠에게 감사를 표하려고 했다. 하지만 그럴 기회는 없었다. 바로 그때 실로 흉측한 보닛을 쓴 거대한 형체가 오빠를 덮쳤기 때문이다. 컬헤인 부인이 돌아왔던 것이다. 그녀의 체중이 실린 공격을 받은 오빠가 비틀거리며 넘어질 듯 휘청거렸다. 맙소사, 이 공격으로 오빠는 악당을 잡고 있던 손을 놓쳤고, 그길로 악당은 도망쳤다. 나는 오빠에게서 컬헤인 부인을 떼어놓으려 애썼지만 오히려 그녀는 날 옆으로 밀쳐냈다. 하지만 그 순간 그녀만큼 몸집이 큰

누군가가 그녀의 팔, 그러니까 마구 흔들어대던 그 팔
을 꽉 움켜잡았다. 마이크로프트 오빠였다. 그렇게 오
빠는 컬헤인 부인을 셜록 오빠에게서 떼어낸 뒤 진흙
으로 내던져 그녀의 지방 덩어리 엉덩이를 주저앉혔다.
(p. 162~164)

청천벽력 같은 엄마의 메시지 가운데
서로의 애틋한 진심을 확인한 삼남매!

결국 에놀라의 생일날까지 한데 뭉치게 된 삼남매. 특
히 이날 삼남매는 엄마가 보내온 그 의문의 소포 속
편지의 암호를 풀고, 마침내 그리워하던 엄마의 메시
지와 마주하는데…….

그 청천벽력 같은 엄마의 메시지에 대해선 저마다
온도차가 있을 터 독자가 직접 읽고 느낀 대로 해석하
는 방향이 맞을 듯싶다. 다만 막연히 해피엔딩을 기다
렸을 독자가 있다면 이 결론에 대한 의문을 푸는 데
조금이나마 참고가 될 듯해 몇 자 적어본다.

사실, 이미 지난 옮긴이의 글에서도 밝혔듯, 나는 저
자가 '개혁'이라는 키워드를 구슬처럼 꿰나가며 에놀
라의 엄마에서 에놀라로 이어지는 '개혁 성향'의 계보
를 나이팅게일과 연결 짓고, 나아가 이번 이야기 편에

선 '자유'의 상징인 집시를 엄마의 마지막 행보와 연결 짓는 노력을 게을리하지 않았다고 본다. 그렇기에, 나 또한 설령 감성으론 해피엔딩을 바랐을지라도, 이성으론 이번 마지막 메시지에 반드시 '역시 그 딸에 그 엄마다운 행보'를 수긍할 만한 메시지가 담겨 있어야 한다고 봤다.

더도 말고, 덜도 말고, 내 눈엔 그 마지막 메시지가 딱 그랬다. 그러니까 거기엔 그 어린 나이에 당시 억압된 여성상에 반기를 들고 자신만의 길을 찾아 나선 '에놀라'를 키워낸, '개혁가 엄마다운 행보'가 고스란히 담겨 있었다.

내가 널 떠난 건 ─ 그래, 난 널 버렸고, 그에 따른 응당한 죄책감을 느끼고 있단 걸 믿어줬으면 한다 ─ 바로 이런 나의 결연한 의지 때문이었다. 사실 나는 이 계획을 1~2년 더 지체할 생각이었지만 복부의 암이 엄청난 속도로 커지고 있었고, 더는 기다릴 시간이 없다는 걸 깨달았단다. 에놀라, 넌 항상 네 나이보다 현명했다. 그래서 난 네가, 먼저 사람이 되지 않고는 엄마가 될 수 없다는 사실을 이해할 수 있길 바란다. 흔히 그러듯 가족, 남편, 아이들이 한 여자의 자아와 꿈을 훔치도록 허용해선 안 된다. 에놀라, 나는 내가 스

스로에게 진실되지 않다면, 네게 줄 수 있는 모성 또한
전부 거짓이 되리라고 믿었다. 내가 나 아닌 다른 사람
으로 태어날 순 없지만, 어쩌면 난 결혼하고 엄마가 되
어선 안 될 사람이었을 듯싶다. (P. 197)

덤으로, 이 메시지는 유도리아 버넷 홈즈 여사가 의도
했든 그렇지 않든, 서로 달라도 너무 다른 홈즈 집안
삼남매가 서로 애틋한 진심을 확인케 하는 소중한 매
개체 역할 또한 아주 충실히 해냈다.

내가 한 조각을 먹자, 오빠가 불쑥 말했다. "에놀라,
네 생일을 좀 더 행복하게 만들 일은 이제 전적으로 나
한테 달린 것 같구나."

"오빠 이미……." 내가 말하려 하자, 오빠가 선수를
쳤다.

"내가 말하마. 우선, 미안하다."

"그러지 않아도 돼요!" 순간 나도 모르게 울음이 터
져 나왔다.

(……) 여전히 내게 법적 권한을 쥐고 있고, 여전히
나에 대한 책임을 느끼고 있는 마이크로프트 오빠가
말 그대로 날 붙잡기로 할 수도 있는 이 마당에, 날 구
할 수 있는 셜록 오빠는 코빼기도 안 비치고 있었다.

하지만, 왜 그런진 몰라도, 난 조금도 두렵지 않았다.

(……) 때마침 셜록 오빠가 들어왔고, 레지날드 콜리가 큰 소리로 짖으며 뛰어올랐다. "셜록, 들었니?" 물론 셜록 오빠는 레지날드 때문에 아무것도 들을 수 없었다. 그러자 마이크로프트가 마치 물레방아 바퀴 같은 육중한 기세로 셜록을 향해 몸을 돌렸다. "에놀라가 전문 여성 클럽에서 기거하고 있다는구나! 하숙집도 소유하고 있는데 그 임대료로 먹고살고 있고!"

"뭐, 놀랄 일도 아니잖아, 친애하는 마이크로프트 형," 고된 하루를 보냈다는 듯 의자에 털썩 주저앉은 셜록이 자신이 마실 차를 따랐다. "형도 에놀라한테 그런 능력이 있단 걸 이미 예상했잖아. 사실 형이 지금껏 말해왔던 게 상당히 적중한 셈이지."

"무슨 소리야?" (P. 202~205)

그제야 대화의 맥락을 이해한 마이크로프트 오빠가 일어나 앉아 날 주시하며 말했다. "그러니까 라고스틴 박사는 네가 만들어낸 가공의 인물이구나?"

"맞아요."

"너 스스로 실종자를 찾는 데 전념할 수 있도록?"

잠시 동안 난 대답을 할 수 없었다. 목 아래에서부터 따뜻한 뭔가가 울컥 치밀어 오르는 게 느껴졌기 때문이다. 내게 두 오빠의 시선이 고정됐고, 각 시선엔 자신들의 누이를 이해하고 싶어 하는 간절한 열망이 느껴졌다. 바로 그 순간, 왜 내가 더는 오빠들을 두려워하지 않는지 깨달았다.

오빠들은 날 아끼고 있었다.

그리고 사실 나도 오빠들을 아꼈다. (P. 206)

"에놀라." 누구나 알아차릴 만큼 잔뜩 감정을 담아 셜록 오빠가 말했다. "사랑하는 내 누이야, 진정으로 말하는데, 무엇이든 네가 원하는 대로 하렴. 사실 난 이미 나름대로 네가 지닌 재능 — 누구도 알지 못했던 열정 — 에 상당히 빠져 있단다. 정말로 난 네 다음 행보가 무척이나 기다려져." (P. 209)

에놀라와 함께한 대장정, 그 대단원의 막을 내리다!

어느새 에놀라와 함께 숨 가쁘게 달려온 일 년 반가량의 시간이 지나고 6권에 달하는 〈에놀라 홈즈 시리즈〉 대장정, 그 대단원의 막을 내렸다.

지난 일 년 반은 한마디로 천의 얼굴 에놀라를 따라나 또한 런던의 구석구석을 누비는 가운데 신나는 모험과 추리, 포복절도의 즐거움, 눈시울 적시는 감동을 함께 누린 시간이었다. 하루아침에 엄마를 잃고 자전거를 타고 헤매던 모습, 굴뚝 청소부마냥 좁은 공간을 비집고 올라가던 모습, 탐조등을 피해 지붕을 날아다니던 모습, 온실 지붕을 뚫고 화초 더미에 떨어져 구사일생으로 살아나는 장면, 고아원의 예배당에 잠입해 하필 오르간 꼭대기에 올라 잠들었다가 오르간이 연주되자 에놀라의 몸도 사정없이 '딩~딩~딩~' 진동했던 장면, 비운의 신부 세실리를 도망시키는 장면에서 에놀라가 엉겁결에 신부 드레스를 뒤집어쓴 채 세실리 흉내를 냈던 모습. 마지막 옮긴이의 글을 쓰는 지금도 각 이야기 편에 등장한 요절복통 에놀라의 행보가 이렇듯 머릿속에 아주 생생히 남아 있다.

6권에 이르기까지 시리즈를 번역하는 동안 지켜본 에놀라의 모습은 아무리 어려운 상황에서도 '있는 그대로의 자신'을 찾고, 거기서부터 더 나은 자신을 만들어나가는 '순수, 열정, 자유'의 영혼 그 자체였다. 에놀라 엄마의 말마따나, "한 사람의 인생은 그 사람이 가질 수 있는 유일한 삶이며, 사람이라면 그 삶을 최대한 제대로 잘 살 권리가 있다." 에놀라는 이 고귀한 가치를 '그 엄마에 그 딸'처럼 잘 배우고 자라 스스로 실천해 보였고, 이런 에놀라를 떠올릴 때마다 난 앞으로도 많은 영감을 받을 듯하다.

고로, 에놀라 시리즈는 완역이 됐지만, 나의 '에놀라 앓이'는 앞으로도 계속될 전망이다.

코끝 시린 매서운 찬바람 가운데
'에놀라 앓이'로 훈훈한 겨울나기를 하면서
김진희

옮긴이 김진희 연세대학교에서 경영학 석사학위를 받고 UBC 경영대에서 MBA 본 과정을 수학했다. 홍보 컨설팅사에 재직하면서 지난 10여 년간 삼성전자, 한국 P&G, 한국 HP 등의 글로벌 브랜드 뉴미디어 광고 및 홍보 컨설팅을 수행했다. 편집자와 출판 기획자로 활동하고 있으며 개인 브랜딩, 광고, 홍보, 미디어, 대중문화 분야에서 글을 쓰고 있다. 옮긴 책으로 〈에놀라 홈즈〉 시리즈와 『핀치 오브 넘』, 『착한 엄마가 애들을 망친다고요?』, 『크러싱 잇! SNS로 부자가 된 사람들』, 『내 시간 우선 생활습관』, 『진흙, 물, 벽돌』, 『프로젝트 세미콜론』, 『구름 사다리를 타는 사나이』, 『이것이 경영이다』, 『4차 산업혁명의 충격』, 『왓츠 더 퓨처』, 『IoT 이노베이션』 등이 있다.

에놀라 홈즈 시리즈 6
집시여 안녕

초판 1쇄 발행 · 2020년 2월 14일
초판 3쇄 발행 · 2022년 9월 30일

지은이	낸시 스프링어
옮긴이	김진희
펴낸이	김요안
편집	강희진
디자인	김이삭

펴낸곳	북레시피
주소	서울시 마포구 신수로 59-1
전화	02-716-1228
팩스	02-6442-9684
이메일	bookrecipe2015@naver.com | esop98@hanmail.net
홈페이지	www.bookrecipe.co.kr | https://bookrecipe.modoo.at/
등록	2015년 4월 24일(제2015-000141호)
창립	2015년 9월 9일

ISBN 979-11-90489-05-8 43840

종이 · 화인페이퍼 | 인쇄 · 삼신문화사 | 후가공 · 금성LSM | 제본 · 대흥제책

이 도서의 국립중앙도서관 출판예정도서목록(CIP)은 서지정보유통지원시스템 홈페이지(http://seoji.nl.go.kr)와 국가자료공동목록시스템(http://www.nl.go.kr/kolisnet)에서 이용하실 수 있습니다. (CIP제어번호: CIP2020002995)